卤阳湖

张京宏——著

天津出版传媒集团
天津人民出版社

图书在版编目（CIP）数据

卤阳湖 / 张京宏著 . -- 天津 : 天津人民出版社 , 2021.1

ISBN 978-7-201-16518-9

Ⅰ . ①卤… Ⅱ . ①张… Ⅲ . ①长篇小说—中国—当代 Ⅳ . ① I247.5

中国版本图书馆 CIP 数据核字 (2020) 第 220001 号

卤阳湖

LU YANG HU

张京宏　著

出　　版　天津人民出版社
出 版 人　刘　庆
地　　址　天津市和平区西康路 35 号康岳大厦
邮政编码　300051
邮购电话　（022）23332469
电子信箱　reader@tjrmcbs.com

责任编辑　谢仁林
封面设计　凤凰树文化

制版印刷　天津雅泽印刷有限公司
经　　销　新华书店
开　　本　710 毫米 ×1000 毫米　1/16
印　　张　11
字　　数　158 千字
版次印次　2021 年 1 月第 1 版　2021 年 1 月第 1 次印刷
定　　价　46.00 元

序　言

卤阳湖是一个湖的名字，位于陕西省蒲城县境内，地处北纬34° 44′ ~ 35° 10′，东经 109° 范围之内。2008 年以来，陕西省为发展旅游和地方经济，批准成立了卤阳湖现代产业开发区，包括卤阳湖国家湿地公园等均已经建成。此地成为 4A 级旅游景区。

经济要发展，需要政治稳定、人口众多、交通便利、温度适宜、技术创新。其中，一个城市圈外围 10 公里至少要有 100 万以上的总人口，并且工业人口和农业人口的比例应当至少 300%，也就是工业人口至少 3 倍于农业人口，可称为人口众多；交通便利，主要是为了方便贸易和市场发展，包括陆地交通和航运水路；温度适宜主要是从有利于资本形成的视角观察的，北纬 23° 5′ ~ 66° 5′ 的温带比较适宜。马克思说过，资本的祖国不是草木繁盛的热带，而是温带。德国著名哲学家黑格尔也说过，（北温带）……历史的真正舞台是温带。技术创新，往往依赖于资本的形成。缺乏创新的地方往往知识产权意识淡薄。

经济发展的五个要素，可以对应五行学说中的水金火木土。交通便利特别是航运发达，是水；政治环境稳定，是土；技术创新，是火；人口集聚，是木；资本形成，是金。

世界上大的经济金融中心，基本都具备这五行要素的。如果更准确些，起码要具备两个要素：交通便利（特别航运）、温度适宜。比如中国上海，处于北纬 30°4′～31°5′，依托黄浦江，成为国际大都市；美国纽约，处于北纬 40°，依托哈德逊河，成为国际大都市；法国巴黎，处于北纬 42°，依托塞纳河，成为国际大都市，等等。事实上，交通便利和有利于资本形成的温度条件，最终能带来的是竞争和机会。

再说回卤阳湖。如果以经济发展为目的，以卤阳湖现代产业开发区为载体去看，我们尚没有足够准确的数据分析区域面积、GDP 总量、单位 GDP 能耗等。比如我国长三角一体化的三省一市（浙江、江苏、安徽、上海）总面积 35.8 万平方公里，常住人口 2.2 亿，GDP 总量 3.1 万亿；而德国整个国家面积 35.7 万平方公里，GDP 总量 4 万亿。从总量看，我们国家沿海发达省市和发达国家的差距正在不断缩小。以卤阳湖现代产业开发区为载体的渭南地区，总人口 540 万，但城镇化进程相对缓慢，农业人口占比高。蒲城县 79 万人口中，农业人口更多。从航运和交通便利来说，现在高速公路网络已经普及，但渭河常年或断流或发大水，根据季节波动，从渭河河面上难以看到黄埔江面上每天来往的航运船只。从资本形成的温度条件看，整个蒲城县城都处于北纬 34°44′～35°10′，温度适宜。从两个基本条件看，纬度（温度条件）具备，而河流（航运条件）不行。从五行要素看，人口要素的城镇化比重也不行。缺乏两个基本条件难以形成资本力量，因此依赖于资本力量生存的技术创新自然就成了无源之水、无本之木，发展相当困难。所以蒲城的经济发展，渭南的经济发展，乃至整个陕西省的经济发展，即使仅仅和国内东南沿海省份比较，也还不能说发达。

我的妹妹和妹夫定居在西安市。我每次到西安，乘坐出租车时，和出租车司机都有交流。西安出租车司机没有北京出租车司机那么能聊，但西安出租车司机共同的观点就是，虽然陕西西安旅游业不错，但陕西经济真的不行，工人工资和可支配收入与沿海发达城市相比比较低。

如果鸟瞰陕西地图，从北到南，就好比一个长歪的西葫芦。陕北有路遥，写了《平凡的世界》；陕南有贾平凹，写了《商州初录》；西安市长安区有陈忠实，写了《白鹿原》。那么渭北的卤阳湖，我宁可抛砖引玉，以唤醒真正的传播者，形成“大陕北（路遥）、大陕南（贾平凹）、卤阳湖、白鹿原（陈忠实）”的陕西“四大名著”的格局，以促进文化发展，服务家乡经济。

我 19 岁离开陕西，从距离卤阳湖 12 公里的蒲城县县城杨虎城将军办的尧山中学通过高考进入中国矿业大学（江苏徐州）读书，毕业后在江苏、上海分别从事过公检法、商业、金融等工作。我从来没有为我的家乡和父老贡献过什么。从 19 岁到 42 岁，我自私奉献，改善的是个人个体的命运和经济面貌。我的夫人是从小在上海长大的，现在是上海公安司法战线一名合格的女警官。我的儿子们一出生就获得了上海户口，并享受大城市的各种福利。我 35 岁之后逐步开始改善同事们的收入，实践小范围的共同富裕，但从没给养育我的家乡做过任何有价值的事情。

现在高速公路和高铁动车网络已经相对发达，从西安通往蒲城的渭蒲高速、西禹高速交通效率大大提高。高铁西安北站动车组到蒲城只需 50 分钟左右，二等座票价 32 元钱。应当说，这效率比航运的交通效率不知道高多少倍。从资本形成的经纬度来说，卤阳湖乃至整个渭南地区正处北温带，常年平均温度十四五摄氏度，符合温度适宜的条件。这些都是全球发展和全国发展的资源禀赋形成的规模优势，对经济发展非常有利。

这些外生资源并不能掩盖内生禀赋不足的事实。作家路遥笔下的陕北是贫穷的，作家贾平凹笔下的陕南是贫穷的，作家陈忠实笔下的白鹿原还是贫穷的。过去作者们从贫穷中提炼人们的道德精神，现在我却想从经济金融发展的角度看看文化传播包括写作创造如何能更有效地提高当地人均 GDP 和经济生活水平，这对国家战略层面的精准扶贫也有利。蒲城乃至整个渭南地区，水资源贫乏，整体以农业为主，生产力技术水平相对落后，人均产能弱，缺乏规模化大型工业支撑经济动脉，这些都是客观事实。为了致富，农民种植梨、葡萄、提子，但销售和市场开拓能力弱，加上农业靠天吃饭的特点，农民收益仍是问题。我与初中同学、现在在党木镇医院工作的陈小龙互相有微信，我曾看到他转发微信，为他所对口服务的贫困户卖梨打广告，说10斤梨包邮需36元钱。其实在上海的水果摊上，砀山梨（蒲城酥梨品种是从安徽砀山引进的）的销售单价最高就两元多钱，能达到两元七八已经算是很高了。一旦网络销售和实体水果店销售形不成价格优势，消费者还是愿意在家附近买，因为出现问题维权容易，直接下楼去找店主即可。但对农民来说，种植梨的成本，化肥、浇水、授粉、套袋等加在一起，生产成本每500克在1元2角到1元5角，这个成本，还不包括农民作为劳动者的工资成本。这种情况的实际表现就是，一旦在四五月的授粉月份天降冰雹，农民当年的收成希望破灭，就只能从农村走出去。年轻点的去西安城的肉夹馍店里端盘子，一个月能有1000多元收入，但在肉夹馍店长期站立，两腿常常浮肿；年纪大点的就到周围给人家摘葡萄和花椒，一天收入70元钱到80元钱，这就是最近两年的实际情况。

从出口销售的角度看，我也曾想协调有关部门帮助梨出口，因为西安铁路运输有直接到俄罗斯的货运列车，转道青岛港、上海港等也能海运到澳大利亚等，并且对于农产品出口，国家有出口退税补贴。第一届中国国际进口博览会（简称进博会）后出口退税力度有所提高，幅度都在10%~16%。并且所有出口产品都有国家层面支撑的中国出口信用保险公司（简称中信保）提供保险，一旦国际交易中因为信息不对称导致国内卖家被骗，中信保可赔付销售成交金额的80%~90%，并在追回损失后赔偿剩余的20%~10%。但这件事情我最终没有做成，因为整个国际上，欧美日等发达国家信用基础还可以，但东南亚、非洲等经济落后地区贸易信用是个问题。为了这些事情，我和全国中信保省级分公司的党委委员级别的领导沟通过，甚至合作过多次（出口的产品包括蘑菇、木耳、假发等产品，出口国家包括韩国、马来西亚、澳大利亚、摩洛哥，地区包括香港、纽约），发现风险还是太大。2018年11月，我曾到西安和陕西中信保分公司的领导、党委委员祝文会面，并一同到宝鸡等地的石油设备企业考察。当时他们面临的问题，就是陕西某大型企业设备出口到津巴布韦，中信保出保单，但津巴布韦这个国家的汇率比过山车还厉害，几天几周汇率波动几千倍不在话下。和河南中信保合作也落地过，合作前我和河南中信保党委委员陈志强多次沟通，去许昌、南阳等实地考察。我还和西峡县主管金融的时任副县长李莉也多次深入交流沟通。后来做了十几笔，出险两笔，中信保的客户经理也分析，欠款不还的外商，是否和国内企业有关联关系应怀疑。每一次的出险金额，最小都几百万人民币起，这对一个商业特别承担垫付风险的商业服务机构现金流的打击是非常严重的。农产品出口在国税管理方面还有一个现实问题，就是农产品本身没有进项。如果是工业产品，有采购发票，有销售发票,进销项之差是增值税的计税依据。一个企业从农民手里收购核桃、木耳、梨，农民不可能开发票给企业，而企业销售是有发票的，企业采购成本怎么算，这在财税管理上是一个实际问题。如果算税都没依据，那么退税的依据又是什么呢？去年我到陕西商洛考察一个名叫陕西森弗的企业，董事长金新康在企业招待吃饭交流的时候，也提到这个实际问题。直面上述问题，不是找借口，而是要找更有效的能落地的支持方法。

今年国庆前，我高中的恩师、蒲城县教育家、82 岁高龄的尧山中学退休教师徐层生老师在各级政府领导、教育局领导、尧山中学领导支持和蒲城县作家协会帮助下，出版了尧山中学校史资料《热爱您尧山中学》。这本书以中科院外籍院士王中林教授的序言起头（王中林教授，华裔美籍物理学家，籍贯蒲城，在蒲城长大），在社会主义现代化建设时期，徐老师把我写进了校史里。恩师的抬爱令我惭愧，我必须为我的故乡，在我能力范围内，做一些贡献，方可内心安宁。这种感觉不仅仅在看到恩师的书时才有，当收到现在蒲城县公检法机构工作的高中同学张晓峰邮寄来的蒲城特产棒棒馍的时候，我也会有。

多年从事经济金融，我也掌握了一些经济规律。一个地方通过旅游发展经济刺激 GDP 增长，一般要有“四大金刚”：寺庙、传说、宾馆、夜市。比如杭州旅游，西湖是个景点，西湖的断桥虽然总共只有 15 米长，但却有白娘子和许仙的传说故事，然后配合寺庙，寺庙里再弄个雷峰塔，故事里的人被压在塔下面。大家都知道这只是个传说，但城市的

GDP上去了，经济发展了，旅游收入升级了。对应的，西湖周围的宾馆、夜市，为人们消费提供了渠道。夜市除了吃饭，还可以唱歌、逛书店、看电影等等。这四大金刚之中，我能做的，就是抛砖引玉地写一本小说，创造一个传说或者故事，然后传播，看能不能对促进旅游和经济发展有所帮助。

这些年，我到过了国内外不少的地方。因为从事经济金融行业的原因，全国各地只要有银行分支机构的地方，从辽阔的东北大庆萨尔图，到茫茫的戈壁吐哈库尔勒，从北京到西安，从深圳到上海，每年我和同事差旅飞行、高铁的人均里程差不多6万公里。我也去过很多地方旅游。很多地方的人文自然资源并不比卤阳湖好。比如张家界，就是拍摄《阿凡达》的地方，我待了几天，在旧社会时，那里曾经民族混居，土匪横行，但现在旅游发展得很好，关键是抓住了服务业。那里每天晚上都有演出，当然演出要卖门票的，100多元钱一个人，连佛门寺庙的僧人都一起参加演出。文化服务创收，提高了地方GDP，当地老百姓福利增加，何乐而不为呢？广西桂林、云南丽江，不一而举。国外也是一样，我带大儿子和夫人到日本博多参观，每个景点附近都有小吃一条街，包括当地特色等，这些都能增加当地群众的收入。不过日本人口老龄化严重，人少是事实。小吃、夜市，这都是服务。宾馆住宿也是服务，人气起来了，品牌酒店就会主动入驻提供营业服务。

巴尔扎克说过，小说是一个民族的秘密历史。事实上，距离卤阳湖6公里的孝通镇，过去就有六和塔，也有垂庆寺，后来改成了初级中学。卤阳湖景区往西3公里，就是卤泊滩。卤字，本身就是盐碱中盐为主的意思，所有的卤肉都是咸的，卤煮也是。卤泊滩的南边，就是蒲城县下辖的孝通镇所管辖的刘家村、樊家村、井家村等，这些村到滩地的距离不到两公里，用当地的单位丈量就是一两里地。

地质勘探学上有相关的理论，大概说地下每多深挖几米，埋藏的都是相隔许多万年的历史。相关地质学资料显示，远古时代，从河南三门峡到风陵渡，到华山、秦岭，到卤阳湖，这些原来都是汪洋大海的海底。考古学者们对对应年代的三叶虫等化石资料进行了考证，证明正是历史沧桑和地球地壳运动变化，使这些地方成了陆地、城市。《山海经》曾经记载，说夸父追日，渴了，饮黄河、渭河，黄河、渭河的水不够，夸父就北饮大泽，后来还是渴死了。夸父的拐杖化为了邓林，就是桃树林；女娲补天的时候剩下一块石头，就是华山。这些历史视野、地理视野、传说视野的资料，都和卤阳湖息息相关。因此，我想就此做一个抛砖引玉的创作，希望对卤阳湖周围的经济发展有帮助，使人们的经济收入有增加。

是为记。

张京宏

2019 年 11 月 3 日

上海寓所 北书房

目　录

CONTENTS

卷 一 ／001

第一章 卤阳湖畔降生 / 003

第二章 母亲的期冀 / 009

第三章 少男少女情怀 / 015

第四章 蓄势 / 025

卷 二 ／037

第五章 金榜题名 / 039

第六章 走出卤阳湖 / 049

第七章 勤工俭学 / 053

第八章 人生第一桶金 / 068

第九章 黄河岸边 / 076

第十章 卤阳湖畔 / 091

卷 三 ／097

第十一章 未来在哪里 / 099

第十二章 情深意切 / 113

第十三章 命运多舛 / 126

第十四章 不舍卤阳湖 / 136

第十五章 风雨同舟 / 143

第十六章 从平凡中走出 / 151

后 记 ／159

卷 一

湖边蒿草

（拍摄地点：卤阳湖 拍摄时间：2019年11月）

第一章　卤阳湖畔降生

公元 1977 年农历 2 月 19 日，随着“哇”的一声啼哭，一个女婴降生在卤阳湖西段卤泊滩南岸一里多地的刘家村刘天臣家中。这是刘天臣和妻子王菊花婚后的第一个孩子。刘天臣拿出一本破旧的老皇历，琢磨了半天，跟王菊花说：“是个女娃，叫刘玲吧。”

王菊花点了点头。

刘天臣不但是刘家村的能人，也是方圆十里八村的能人，勤俭能干，脑子灵活。刘家村在行政编制上，隶属孝通乡，又叫孝通镇。孝通镇隶属于党木镇，党木镇隶属于陕西省渭南地区蒲城县。卤阳湖位于蒲城县和富平县交界处，距离孝通镇 6 公里。孝通镇的中心由孝东、孝西组成，孝通街道中心十字路口就是孝东和孝西两个自然村的临界交叉处，后来又向西移了几百米，形成了新的十字路口，全部处在孝西村地理范畴内。从孝通街道骑自行车到刘家村，不多不少，整整 4 公里。孝通街道距离卤阳湖正好 6 公里。

《孝通乡志》记载，明朝末年闯王李自成起义，途经孝通镇，驻扎期间闯王军队士兵的头上都系着白布，作为标记。在关中渭南一带有个习俗，就是农村老人去世后，子孙都要穿白戴孝，就是穿白衣服，头上系一个白布扎成的白布圈。闯王的军队戴孝通过，向南开拔，因此，“孝通”就是“戴孝通过”的意思。关中方言中，“孝”读 hào，音同“号”。

从今天的地图上看，李自成从陕北米脂县起义，走到孝通街道，距离是 342 公里。走到孝通街道，因为物质条件限制，无法制造和配发服装，就用最便宜的白布包头，作为标记，说明事情发生在起义初期的准备阶段。过去，有的老人还会闯王拳法，就是李自成军队驻扎孝通街道每天练兵时的拳法，现在几乎绝迹。

查阅《孝通乡志》和走访老年人，能得到许多书上没有的信息，包括李自成的信息。从今天的视野考察，李自成本来是有一份稳定工作的，吃公家饭，在邮政局上班，当时叫官办驿站，是个驿卒，正式工，工作稳定，根本没有起义的念头。事情的起因在于明朝和辽北的战争，导致朝廷经费吃紧，当时又没有金融服务，发行不了国债，崇祯皇帝就和现在公司一样，进行裁员减轻政府负担。全国驿站就在裁撤范围之内，被裁撤了三分之一的人。李自成下岗了，没了工作，很快就有了负债。到期还不起账，债主就起诉，李自成被县令抓起来，关在牢房准备问斩。一个机会使李自成逃了出来，杀死了债主，然后就投奔起义军了。人物的命运，在重要的历史长河和事件中，竟是如此变幻无常。从崇祯皇帝的角度说，他在北京煤山上吊自杀的时候，明政府的财政赤字还没超过 GDP 的 1%。今天去北京的景山公园，还能看到崇祯皇帝上吊的那棵歪脖子老槐树。想想今天美国财政部的政府赤字百分比，当时要是有国际金融工具，通过金融进行价值跨期交换，结果可能会有一些不同。

再说回刘天臣。刘天臣中等身材，偏瘦，皮肤深黄，脸庞方正，穿衣在农村算讲究的，打眼一看是村干部模样。他不但有本事，而且爱交朋友。当然，能和他交朋友的，那也得有一些本事。刘玲出生的第十天，刘天臣就和他党木镇民地村的朋友高西生商定，叫刘玲认高西生当干大。干大，是关中方言，就是干爹、干爸的意思。在关中渭南蒲城、富平、白水、大荔一带，民间比较流行认干亲，这可能是群众互助加强联系的一种方式吧，或是人际关系的某种维系方式。刘天臣在孝通街道也有好朋友，一个是孝东村的程牛娃，一个是孝西村的刘拉喜。程牛娃除了种地，到处上工地干活；刘拉喜是木匠，有手艺。

虽然都知道刘天臣是能人，但在当时农业社还没有联产承包、还都挣工分的大环境下，刘天臣并没有折腾出明显的成果。任何时代，人没有平台，没有实现其才能的环境，就啥都不是，也啥都弄不成。

十个月后，公元1977年农历腊月二十七日，孝通街道孝东村贫农主任张根海的儿媳张天凤生下了一个男娃。张天凤从孝西村嫁到孝东村八年，才生了这个娃。村里人说，可能是根海的儿子张木胜，不懂男女之事的缘故吧。

生男娃在当时是能引起重视的，是令人激动和高兴的事情。根海和媳妇李月娥商量，给娃过百天的时候，杀一头猪。这在当时是很大的投资开销了。张家在孝通街道是大姓，每一代都有统一的字，根海那一代是"根"字，木胜这一代是"木"字，下面这一代应当是"小"字。这娃叫小什么呢？小猪、小牛还是小元宝？一家人没能定下来。娃生下来第三天，李月娥抱着孙子去"撞道"，就是这天早上，让孙子认路上碰到的第一个人为干大，这就是天意的安排。从孩子出生第三天开始，就构建其人际关系网络，并是知根知底的，看来祖先们的智慧早就不亚于我们了。今天的微信、脉脉，建立的人际关系的维度和深度，以及靠谱度，是远不能和祖先朴素的智慧相提并论的。加上张根海是贫农主任，根海的儿媳张天凤是妇女队队长，认干亲对对方也有利无弊。一大早李月娥抱着孙子就在东门口等，第一个出来的是本村的货郎张义宗。张义宗听说孩子认干亲，非常高兴，但考虑到自己年纪比根海和月娥还大，便跟月娥说："我比娃的婆和爷还大哩！让娃认我儿子当干大吧。"

"对。"月娥回答。关中方言中，"对"就是普通话中"好"的意思。

张义宗有三个女儿，两个儿子。大儿子张文奎，犯过法，坐过牢，肯定不适合给贫农主任的孙子当干大。次子张文志，已经征兵合格，马上入伍当兵，政治成分好，比较合适。两家说好，就让张文志当月娥孙子的干大。考虑到张文志当兵入伍是光荣的事情，参军嘛，那月娥孙子的名字就叫张小军吧。大家都同意。这样，满月之前，张小军的名字尘埃落定。

李月娥的内心是激动的。丈夫张根海是贫农主任，儿媳张天凤是妇女队队长，儿子张木胜是一个成年壮劳力，这样的家庭，在联产承包之前，其生活水平相对其他农业社社员家庭来说无疑是殷实的。儿媳张天凤的娘家，政治成分是地主，娘家父亲张仲成在中华人民共和国成立前曾担任西北五省总会计等职务，讨了两房老婆，生了 13 个子女。中华人民共和国成立前，国民政府下调令让张仲成到南方台海交界某省任职，张仲成的小老婆撕碎了调令，不允许丈夫去，结果全家从西安城逃回孝通街道，最后定了地主成分。张天凤生长在地主家中，非常羡慕贫农身份和政治地位，也渴望通过个人和贫农家庭成分的对象结婚来改变自己的成分。

嫁给贫农主任的儿子后，张天凤对娘家母亲王菊香说："妈，我也是贫下中农身份了，能抬起头做人了，还当了妇女队长。"王菊香点点头。

王菊香是张仲成发达时期在西安城娶的小老婆。虽然到了农村，其年轻时有钱人太太的痕迹仍可窥见。她身材修长，身段标致，长相淑贤，头发高高挽起，能看得出年轻时是个美女。她面善，话不多，修养极好。张天凤虽然遗传了母亲的高个儿头，但从小在农村生长，就显得结实，一眼看去，就是一个大个子农村妇女。和母亲王菊香不同，张天凤牙有些趴牙，这遗传了父亲张仲成；脸罐骨突出，眼神犀利，看上去就是一个农村版的王熙凤，不过缺乏大观园的物质条件，整个体现出一种清纯、质朴的农村妇女气息。和张木胜结婚后，张天凤很快就在婚姻中表现出强势，她一定要把这个老实的贫农主任的儿子制服，要让他听自己的话。张木胜生性老实，加上他是张根海从孝西村老刘家抱养过来的儿子，所以从小唯唯诺诺，夫妻之间很快形成了一种相处的平衡，那就是张天凤说了算。

有时张天凤也感觉自己的丈夫张木胜怪恓惶的。张木胜是孝西村刘家的次子，长子刘敬信大他九岁，姐姐刘凤琴大他五岁。张木胜不到一岁，母亲病逝，只剩下老刘一个人拉扯长子、女儿和次子。老刘无奈之下想到把次子送人。当时张木胜不叫张木胜，叫刘敬智。老刘先是把次子送到佛殿村，就是池头村正西边隔壁的一个小自然村，结果几个月后被人家退了回来，其实就是感觉这个孩子太笨了，没有啥收养投资的溢价价值。后来老刘又把次子送到府华村，也是半年不到被人家退回来了，同样是感觉笨。老刘看送不出去，只好自己养。当时张根海是十里八村有名的木匠，到处揽活。老刘就是个拉长工没手艺的，每次拉大锯解木板的时候，张根海雇用的打下手拉锯的就是老刘。张根海夫妇不能生育，已经抱养了一个女儿，想再抱养一个儿子。刚好老刘家次子送不出去，就这样第三次被送给张根海，起名张木胜。

张木胜成长过程中，因为笨，没少挨打。张天凤后来回忆说，即使她和张木胜结婚之后，张木胜因为犯错误还经常挨打，经常被鞭打得后背的血印子一条一条的。龙生龙凤生凤，老鼠儿子会打洞。老刘就是个没手艺、一辈子打下手干力气活的，后代能出什么人物呢。但老刘家也有优点，就是肯吃苦，踏实。因为人如果笨到一定程度和一定境界的话，就连偷懒都不会了。张木胜就是这样一个踏实的人。当年高庙村的全娃妈说媒，说了两家情况，因为两家距离也就几百米，都知根知底，没啥隐瞒的，两家都同意了。张仲成一家包括张天凤在内，看上的是张根海家贫农主任的地位，还有挣工分时代的收入水平。而张根海一家当时就是想给儿子张木胜娶个媳妇，就不错了。张木胜能力弱，脑子笨，娶到个身强力壮的地主家女儿真的不错了。

这种婚姻在当时各有所图，是相对平衡的，包括各种条件在内。订婚后，张仲成家计划盖房子，当时盖房还用不起砖头，主要用的是土打的胡琪（大小大概 4~5 块砖头大，用石柱子在湿土上用力夯实）。老实的张木胜一个一个地打，活活把张仲成家盖房的所有胡琪全部完成了。张仲成的两个儿子张天龙、张二龙没有参与任何一个胡琪的制造劳动。张天龙和张木胜同岁，都是 1949 年生，都比张天凤大 3 岁，张二龙比张天凤小 11 岁，张天凤 18 岁结婚的时候，张二龙才 7 岁，妹妹张天玲 9 岁。这四兄妹均系王菊香和张仲成所生。

张天龙身材高挑，张二龙身材矮小；张天龙读书聪明，张二龙读不进书。龙生九子，子子不同。同父同母的两个兄弟，各方面差距很大。

张天龙自小读书出色，孝通初中读完后，考取了下吉高中，在高中读书也很出色。当时国家航空学校招聘飞行员，张天龙身体条件、文化课条件俱佳，收到了航空学校的通知书，但在政审的时候，正在特殊的时期，当时公社委员会负责的陈连长不同意。陈连长说，张天龙家是地主成分。就这样，张天龙在最合适的年龄被取消了继续深造的机会，后来结婚生子，在农村种地。到恢复高考的时候，张天龙已经是一个快 30 岁的农民，已经丧失了参加高考的勇气和改变命运的希望。

现在，张天凤在贫农主任家生下了儿子张小军。这个小生命的到来，令张天凤充满了希望。对张天凤来说，自己找的丈夫，虽然家境和成分好，但丈夫太弱。张天凤希望儿子的到来能改变这种境况。

每当冬天的下午，吃过中饭后，刘天臣常常一个人步行，从刘家村走到滩里。“滩里”是当地村镇的群众对卤泊滩的叫法。刘天臣徘徊在卤阳湖西段长长的芒硝滩上。他望着白茫茫的卤泊滩，渴望着更体面的生活。

第二章　母亲的期冀

1978年党的十一届三中全会以后，党和国家的工作重点，转到以经济建设为中心方面来了。

首先是人们观念的变化。政治成分对人们工作和生活的影响，越来越弱。人们逐渐不再比较谁更穷，谁是贫农，而是开始比较谁家通过联产承包努力后生活条件更好，社会上开始敲锣打鼓地鼓励“万元户”。人们开始关注生产和经济发展。

其次是计划生育的展开。虽然国家倡导计划生育，少生优生，但在农村，20世纪70年代末80年代初，没有人只生一个。刘天臣夫妇在女儿刘玲两岁的时候，又生了一个儿子刘鹏。同样，张天凤夫妇也在儿子张小军两岁的时候，又生了一个女儿张小叶。张小叶出生后，被罚款300元钱。在当时，300元钱可以买一头强壮的骡子。一头骡子是农民财产的半壁江山。

再次是人们开始想办法搞小商品经济挣钱了。张天凤的邻居、张木胜的同族哥哥张木祥，比张木胜大五岁，开始在村里收鸡蛋，一个鸡蛋8分钱，第一天收好，第二天两点半起来，挑着步行去蒲城县，步行20

公里，早早到达小商贩聚集的地方，等待天亮。天亮后，人们陆续来到集市。鸡蛋1角一个，现金交易。当时用票购买鸡蛋大概八九角钱一斤，但得去供销社。在集市购买和用票购买相比，稍微便宜一点点，一斤鸡蛋大概七个，从农民这儿买相当于7角钱，比用票到供销社购买便宜差不多一两角钱。一个鸡蛋两分钱利润，每天卖近两百个鸡蛋，可以赚到3元多钱的利润，一个月就90多元钱。当时我国城镇职工年度平均工资还不到800元钱。城乡收入差别很大，但这每天近两百个鸡蛋，正在悄悄改变供求结构。同时期的安徽，有个人卖瓜子，被人举报，主管部门商量要不要封杀。总设计师说，不封杀，允许群众致富。

1984年5月的一个下午，刘天臣领着7岁的女儿刘玲和5岁的儿子刘鹏，从刘家村走到卤泊滩散步。刘天臣和孩子们边走边玩。

“玲玲，你长大想干什么？”刘天臣问刘玲。

“我想当老师。我们学校的赵老师对我们可好了。”刘玲说的赵老师，是学前班的民办代课老师赵爱玲。赵爱玲的父亲是樊家村的书记，赵爱玲高中毕业后，就当民办教师教书了。

“鹏鹏，你长大想干什么？”刘天臣又问刘鹏。

“当解放军。”刘鹏举着手里的玩具枪，嘴里“砰砰”地配音，对着茫茫的滩地划拉着。

同年同月的一周后，孝通初中举行“六一”儿童节表演比赛，代表孝东村小学学前班的张小军流着口水，在孝通初中的操场上背诵“ɑoe，iuü……”流出的口水把借来的显得特别宽大不合身的白衬衫流湿了一条印子。张小军的表演连同口水，获得了掌声。大人们争相鼓掌，欢笑成快乐的海洋。

但是，大人们的世界随着条件变化发生着本质的改变。刘天臣本身就是能人，联产承包后，日子很快就过在了上风头，家庭关系相处和睦。王菊花也是一个勤俭持家的人。家里一个女儿一个儿子，其乐融融。张天凤家的情况就不同了。本来当时的婚姻就是冲着政治身份去的，现在改革了，联产承包到户了，不讲贫农身份了，这时丈夫张木胜能力弱的缺点就上升为婚姻关系的主要矛盾了，三天两头有事没事，张天凤都要表达她的不满。她曾经多次闹离婚。每次闹离婚到娘家，张仲成和王菊香都劝女儿张天凤不要离婚。

王菊香常常对张天凤说："好娃哩！妈是离乡人，在陕西没娘家，把你嫁人嫁到跟前，就希望将来对妈有个照顾。再说了，你不看妈的情面上，也要想想你的两个娃，小军娃和小叶娃，没妈的娃多可怜！"

张仲成不说话，但他态度鲜明地反对离婚。他是在西安城干过大事的人，读过书，他认为当时的婚姻是看重对方的政治成分，现在社会条件变了，不讲成分了，就离婚，不厚道。这就是张仲成内心的简单的诚信逻辑。做生意、做人、做事，道理是相通的。张仲成少年读书，中年发达，发达时期供他的六弟、七弟、八弟念书，还供他与大老婆所生的长子读书。六弟、七弟念书没念成，后来娶媳妇，炕上的毛毯家私，都是张仲成购置的。八弟念书成功，后来到库尔勒市参加建设边疆，担任了一定的职务。张仲成和大老婆所生的长子张天顺，延安大学毕业后在陕北当过中学公办教师，特殊的十年时期开始后和父亲张仲成断绝了父子关系，后来到西北农林大学担任大学教师，退休后居住在杨凌。由于张仲成对家庭的照顾，六弟、七弟等都很尊敬张仲成。张仲成排行老三，是他们的三哥。他们见了三哥，如见父亲般尊敬。因为这个哥哥尽了许多父亲当尽的义务。

张天凤还是听从了娘家父母的建议，没有离婚。但是，她心里感觉张木胜没本事，经常破口大骂："看你怂得本事没有！看人家黑娃、对娃、志娃多能行！跟你简直是眼瞎了！"

骂人的时候，张天凤根本不提当年自己同意这婚姻的动机——当年就是看上贫农主任家的成分了，作为地主子女的她想在人面前抬起头。现在情况变了，不说了。

为了维持家庭，在新的环境下支撑门庭，张天凤做了两件事情：一是督促儿子张小军念书；二是督促丈夫张木胜不断外出打工，维持家用。

从儿子张小军六七岁开始，张天凤就经常对儿子说："好娃哩！你看你大没怂球本事，家里光景过得不如人，周围人都看笑话哩。你得好好念书，要争口气，改变改变这面貌！"

同时张天凤不断督促丈夫张木胜外出揽工。张木胜人笨，学木匠学不会，学泥水匠学不会，只能当出力气的土工。夏天天热的时候，张天凤对丈夫说："木胜，你去府华村的砖窑出砖去！娃九月开学要缴学费！"

木胜每天天不亮就起床，骑着破旧的永久牌自行车，从家里出发，去府华村砖窑。孝通街道到府华村不到2公里地，骑自行车很快就到。这贫农主任的儿子，改革开放联产承包后，已经失去了农业社时候的身份优势，变成为了养活家庭和子女的搬砖工。渭北高原的夏季七八月份，天气极为闷热，木胜赤裸着上身，脖子上搭着一条破烂的毛巾，穿着一条被热砖火星弄得都是破洞洞的短裤，一双破旧的布鞋，用架子车出砖。每天天黑，木胜骑着破自行车回家，全身都是砖窑渣滓。他是个笨到不会偷懒的人。每次看到可怜的父亲满身疲惫地回到家中，儿子张小军眼里都充满了泪水。他想：等我长大了，一定不再让亲爱的父亲到砖窑这样搬砖了，太让人心疼了！

张木胜身材中等偏矮，清瘦，没有手艺只能做土工。为了家庭，为了子女，他老实干了一辈子。府华村承包砖窑的老板陈栓虎看到木胜老实卖力，每天都要多干，心里过不去，就改革了算账方式，从一天8元钱改成按出砖数量核算，一架子车装满1角钱。陈栓虎对在秦家小学当民办教师的妻子杨腊梅说："你看东街这木胜哥，干活太老实了，我心里都看不下去，我改了算工资的方式，不想对不起这老实人！"

杨腊梅说："对着哩。木胜哥就是老实，小时候他曾被送到我娘家佛殿村隔壁的人家，几个月后就被送回西街了，说是太笨了。"

每到冬天，张天凤就对丈夫说："木胜，过了寒假娃上学报名要钱哩！你到北滩里去出芒硝！"

渭北高原的冬天，刮风的时候寒冷异常。这风像乌鲁木齐的风，吹在脸上刺痛。张木胜和孝东村的王百锁一起，各自骑上破旧的自行车，就往北滩里去。冬天天短，两人出去是个伴。所谓的北滩，就是孝通街道向北五公里的卤阳湖西段，就是卤泊滩。出芒硝，就是去当苦力，挣点辛苦钱。两人的娃大小差不多，王百锁的女儿王倩铃和木胜的儿子小军同岁。

木胜和王百锁两人说话，都有些口吃。王百锁一边出芒硝，一边给木胜说："木、木、木胜哥，你、你、你比我强哩！"

木胜一边出芒硝，一边说："咋哩？"木胜说两个字的时候，很少表现出口吃。

"你、你有儿子，我没有！"王百锁边干边说。王百锁两个女儿，大女儿倩铃和小军同岁，小女儿倩丽和小叶同岁。

承包芒硝厂负责生产供应的，正是刘家村的能人刘天臣。刘天臣一般巡视工作，检查苦工们是否偷懒的时候，都戴副墨镜，穿件黄军大衣，脚穿新疆流行的大头窝窝（棉鞋），俨然一个芒硝厂的厂长和县里企业的领导派头。

有一次刘天臣检查完毕，没走多远，王百锁就跟张木胜说："就、就、就木胜哥！人家刘、刘、刘厂长和咱就、就、就不是一个阶级的人！"

木胜一边劳动，一边跟百锁说："话多得很！"木胜有时说四个字，也不口吃，说多了就表现出来了。

"刘、刘、刘厂长的女子，都、都、都说念书念得好、好、好得很！"百锁继续说。

"得、得我军娃念、念书也好！"木胜边干活边说，显然对比子女念书，他不服气。

张木胜一生都没叫过儿子张小军的全名，一生只叫小名军娃。直到多年后木胜咽气去世，一直如此。

其实生活也未必像王百锁想的那么糟糕。多年后女儿王倩铃招了一个女婿王海军，会开车，会修车，日子过得好着哩。

在这样日复一日的生活中，张天凤逐渐成了这个家庭的领导和主事者。是人生磨炼了生活，还是生活锻炼了人生？随着两个娃慢慢长大，和公公婆婆及娘家父母逐渐变老，张天凤逐渐放弃了离婚的念头，转为如何维持和撑起这样一个艰难的家庭。

这就是生活。它没有按我们预想的脚本，而是按它自身的发展，随机地前行着。木胜和百锁两个人干到太阳落山，就收工了。寒冷的冬天太阳下山后，芒硝滩地上发出逼人的寒意，仿佛带冰的弓箭从地底射出，让人阵阵恐惧。两人穿上破棉衣，戴上厚厚而破旧的雷锋帽，把下巴的帽盖系起来，戴上棉手套，各自骑上那破败得摇摇欲坠的自行车，从寒冷逼人的白茫茫的卤泊滩，返回孝通街道。

他们是这个社会最底层的农民，是农民中没有手艺的苦力者。在常人看来，他们笨，以至于笨到都不会偷懒。但他们恰恰是最可爱的人之一。他们在自己能力的范围内，为了家庭，为了孩子们，日复一日地劳作在最艰苦、报酬最低的渭北高原各种苦力场上。他们没有偷抢，没有骗，走得端行得正，形成了社会稳定和整个社会阶层金字塔最坚实可靠的组成部分。更重要的是，在孩子们的心里，他们是伟岸的山，是家庭的支柱。

第三章　少男少女情怀

光阴似箭。转眼间到了公元1992年。这一年的春天，邓小平视察南方，并发表重要讲话，反映了中央领导集体推进经济改革发展的决心。1993年，15岁的刘玲和同岁的张小军都到孝通初中读初二年级了。刘玲在一班，班主任是方存明老师，一个40多岁的中年男性，矮小，瘦弱；张小军在四班，班主任是张杏珠老师，一个高大的女老师，三十七八岁左右。此时的刘玲已经长成了大姑娘，气质端庄，衣着朴素干净，话不多，性格内敛，学习成绩在年级中也是数一数二的。当时年级学习好的几个学生，包括樊家村的樊怡春、池岸杨村的杨仪霞等，主要集中在一班。四班的孝通街道的张小军和刘家村的刘军亮学习成绩也突出。

这里顺带说说孝通初中。孝通初中的地址，位于孝通街道排碱渠的南边，往南是郭家村，往东是孝通南街村，往西是高楼村，往北就是孝通街道正街。这个地址原来是寺庙，名字叫垂庆寺，寺里有六和塔、神御殿。寺庙和塔的修建、由来，还要从池头村说起。

池头村距离卤阳湖西段卤泊滩3公里路，距离孝通街道2公里路。宋朝开始，池头村是李姓人家的庄园。据说这个村的李姓是唐朝皇族后裔，为了生存和躲避杀戮，逃到这里，以组织生产卤阳湖的盐业为生，主要为官办盐业供应。在封建时代，盐和铁是国家专营，私人不能介入，贩卖盐和铁都是满门抄斩的大罪。李家一直专为政府生产卤盐，生活也说得过去。北宋后期，大约公元1100年，池头李家生了一个女孩，起名李红娟。此时北宋财政吃紧，加强了赋税，李家为官府供应盐的收益已经不能维持家族的生存发展。过了几年，面对生存危机，李家老太爷（爷爷的爸爸）召集三个读过书并在外发展的儿子李仙州、李仙武、李仙寿回乡，和留在家中的小儿子李仙成一起，父子五个商量家族发展事宜。李老太爷说："看着这个情形，朝廷估计快毕哩。"毕，是关中渭南方言，完蛋、结束的意思。

"父亲这次找我们回来，有什么交代？"长子李仙州问。

"我想让你们三个人，分三个方向去发展。仙州，你是老大，你带上你的家人，往都城去，汴梁城里的几个大人，都是我们南岸下吉、阎良的，多有交往，你去购置房产，搞药材生意。不过房产要购置在距离都城汴梁30里的地方，方便进退。"

李老太爷说着，喝了一口花茶，继续道："仙武，你带上你的家人，往北边去，看看那边边贸，到了就安顿下来。我只有一个要求，往北至少要走一千里。到了那边，你可贩马，也可开酒馆。那边冷。"

说完了老二，李老太爷继续说老三："仙寿，你念书最多，文章最好，头脑也活，你向东走，最少走两千里。安定下来后，看能不能考个功名，你是当官的料。"

最后，李老太爷对小儿子说："仙成，你带上你家二儿子和三儿子，向西走，最少走三千里。安定下来后，可以继续给当地官府制造盐。我们在卤阳湖边上为官府做盐这些年，这手艺到哪里都吃香。你的大儿子和我，还有你母亲，留在池头村。"

交代完毕，李老太爷带四个儿子到祠堂给祖先烧香："列祖列宗在上，天有不测风云，局势要变，不肖子孙李玉泉为保家族血脉，不得不安排子孙们四散。"

后来，李家老大到了汴梁，就是今天的开封，以药材为营生。李家老二向北走到了今天的包头，以贩马和开酒馆为营生。李家老三向东走到了今天的辽宁营口，当了官。李家老四到了今天的新疆哈密，主要从事和官府办盐相关的活动。所以今天的开封、营口、哈密、包头等的李姓人家里，有一部分就是北宋末年1110年前后从池头村分散迁移过去的。

刚刚说到的这个李红娟，就是老三李仙寿的头一个孙女，旧社会结婚早，生育早。大概在池头村住到10岁左右，她就随同祖父李仙寿到了营口。那里是金人的地盘，李仙寿凭借有文化，做了金人的官。后来金灭北宋后，李仙寿还做过桂州观察使，相当于今天的广西桂林副市长这样的岗位。因为勤勉，他得到金朝廷在东京（今天的辽宁辽阳市）1000亩地的奖励，并让他的孙女李红娟进宫，成了金睿宗的皇后，生下了儿子金世宗。在儿子金世宗13岁的时候，金睿宗去世，按金的习俗，李红娟应当嫁给宗室其他人。因为当时的观念里，女人也是家族财产，不能外流。李红娟为教育儿子，出家为尼，成了当时京城即今天辽宁辽阳市清安寺的首任住持。她生活节约，为人低调，得到宗室一致的尊重。后来她儿子金世宗即位，为她在辽阳修建了垂庆寺，作为她的起居地。寺庙里有为金睿宗上香的神御殿，还有六和塔。辽阳市的六和塔，今天还能找到遗迹。你如果去辽阳旅游，市区中有个白塔公园，所谓白塔，就是六和塔。

李红娟在金正隆六年，即公元1161年去世。去世前，她交代和她一起从池头村出来的小侄子李明："姑姑估计要死在这里了，回不了老家了，老了老了，好娃哩，姑姑想家得很！你带着钱，回老家，修建一座同样的垂庆寺，同样的神御殿，同样的六和塔，把姑姑结婚的衣服和姑姑的头发，带回去。"

这是大事，李明向皇帝金世宗说了情况。金世宗对李明说："先皇临终前，知道母亲的心思，曾对我说过，乡土之念，人情所同。您按母亲的意思去办吧。"

李明回到距卤阳湖湖边6里路的池头村。此时老太爷已经去世，家里是四爷李仙成的长子李方主持，加上已经改朝换代，得知姐姐贵为皇后，外甥贵为皇帝，很是高兴，不敢怠慢。经过商定，他们最终决定把垂庆寺、六和塔修建在今天的孝通初中的地址上，而神御殿就修建在池头村正西两三里路的地方，后来就变成了今天的佛殿村。孝通街道的垂庆寺、六和塔建成，李红娟已经不在人世，她的侄子李明成了孝通垂庆寺的第一任方丈，法号慧明法师。

上述故事的考证，正史《金史》在列传部分卷二有记载。李红娟被赐名李洪愿，号贞懿皇后。包括辽阳兴建垂庆寺，正史中也有清晰记录。

孝通街道垂庆寺和六和塔的建造，特别是六和塔的修建，算是建筑史上的奇迹。根据《孝通乡志》记载，整座塔高六层，没有使用任何铆钉，完全是根据力学平衡天然拼成的，建筑材料主要是木材，辅助以石料。这应当是了不起的杰作。从光学的角度和当地村落的居民房屋高度判断，站在六和塔塔顶，应当能鸟瞰卤阳湖的全貌。以正常宗教建筑的层高分析，如果包括地基的 4 米高度，按六层每层 3 米高计算，整个高度就是 22 米。相当于今天城市楼房建筑七八层的高度。

再说回孝通初中。同样初中二年级的学生，学习努力程度很有差异。有学不进去的学生，当学生们从孝通初中回到他们所在的高楼、郭家、白庙、冉家、刘家、井家的时候，村里人就会开玩笑说："天天背两布袋馍到大学校去，书念不进去，就是个馍桶！"

当然也有努力的。刚说的几个成绩出色的，都很努力。张小军就非常用功。小时候母亲再三给他灌输，要求他好好念书，改变处境。初中二年级的时候，张小军是四班班长，三班班长蒋军军和他是好朋友。他们晚上就睡在孝通初中隔壁的水利营。水利营有几间房子，当时蒋军军的母亲在水利营做饭当厨子，水利营给她一间房子。她就让三个初中二年级的学生娃住了，住在一起的，还有是一个三班的男学生，白庙的，叫左三龙。一方面晚上开电灯写字用的电费是公家的；另一方面看书饿了的话，到水利营的灶房拿一两个馍吃，还不要钱。水利营对食物的管理还没精细到每天数馍的程度，倒是帮助了这几个学生娃。

每天早上，五点多，蒋军军和张小军就早早起来，到学校去早读了。左三龙一般还会继续睡觉，好像感受不到学习改变命运的压力。五点多的乡村中学，琅琅书声如同清脆的琴弦，撩拨着人们读书改变命运的希望。刘玲、王彩茹、陈亚红三个女生住在一个老师的房子里，正好位于三班和四班教室最近的对面。五点多，蒋军军和张小军开始读书，这三个女生就也跟着起床，开始读书了。

日复一日，刘玲开始对张小军注意起来了。刘玲的父亲是方圆十里八村的能人，日子过得在上风头。刘玲读书成绩好，长得端庄，性格也好，内敛安静，所以是同学们羡慕的对象。张小军呢？父亲是下苦力的土工，家庭条件和破旧的自行车差不多，除了铃铛不响，到处都响。有时候学生娃们上学忘记带文具盒，或忘记书本，家里人会送过来。特别在早上集体早操的时候，刘玲的父亲会骑着大摩托，戴着大墨镜来到学校。当他到校门口把刘玲忘在家里的东西交给校门口值班的老师李军成的时候，李军成就和见了乡长一样客气，发烟，满脸堆笑。当张小军的父亲穿着破旧的衣服，骑着破旧的自行车到校门口送张小军忘记带的书本或文具的时候，值班老师李军成就抓紧收了东西，对张木胜说："木胜哥，你赶紧走。娃上课哩！"

说完李军成掏出一根烟，自己点上，不给张木胜发烟，也不给站在一边的王百锁发烟。张木胜就说："对！"

然后张木胜就和王百锁一起，骑着辆破自行车咯吱咯吱地去下苦力的工地。

有时候家长送书，还能互相碰到。因此，经常在送完后，王百锁一边骑自行车，一边说："就、就、就木胜哥，李、李、李老师是、是阶级眼！不给咱、咱俩发、发、发烟！"

每次张木胜都骑着自行车，不说话。

两个人骑自行车到卤阳湖西段的卤泊滩，就开始干活。骑着大摩托的刘厂长早就到了，戴副大墨镜，抽着纸烟，检查苦力工的工作。

但是，大人们之间分工和一个阶级内阶层层次的差别，并没有影响孩子们对彼此的评估。有时候对数学题目有疑问，大家在操场读书的时候，刘玲就会对张小军说："哎！这题你会不会？"

"会。"张小军直接回答，并告诉刘玲解题思路。四班班主任张杏珠最疼爱的得意学生就是张小军。张杏珠常对自己的丈夫、同样是公办中学教师的丁建利说:“军娃能行。”

张杏珠口里的军娃，就是张小军。

两个15岁的初中二年级学生，就这样经常在操场讨论数学和其他问题。刘玲内心对这个穷孩子张小军渐渐喜欢起来。而张小军每天就是念书、打篮球、爬树。张小军在学校爬树，被政治老师张中冬逮住过好几回。有次孝通街道阴历的二七会赶集（就是初二、初七、十二、十七、二十二、二十七，都按阴历或农历），张老师碰到张天凤就说:“哎！蛇得很！你军娃可在学校爬树哩！”这里“蛇”读shé，二声，关中方言，翻译成普通话，就是调皮、淘气的意思。

一到寒假，初中生们互相就到对方家里去玩。刘玲喜欢到井家村的井亚红家玩。井亚红是张小军的副同桌，相处也好。所谓副同桌，就是两个桌子中间有过道。张小军的正同桌是孝西的贺文军，贺文军的副同桌是府华村的陈九龙。一放寒假，张小军、贺文军、陈九龙就分别骑上各自家里的破自行车，到井家村井亚红家里，刘玲一般也会去。大家一起说笑。十五六岁的孩子，又能复杂到哪里去呢？

事情的变化在于大人们的猜想。政治老师冉军胜和刘家村的陈会计是朋友，陈会计和刘天臣又经常谝闲传。一次，陈会计和刘天臣闲扯，陈会计说:“哎！刘师！”这是关中方言，刘师，相当于普通话中的老刘、刘先生、刘哥、刘弟。

“咋？”刘天臣说道。

“听说你女子和木胜的娃恋爱哩！”

“听谁说的？”

“大学校教政治的冉老师。”当地人习惯把孝通初中称呼为“大学校”，这个称呼是对应各村小学的。

“不知道木。娃十四五，小得太！我回了问问刘玲！”

晚上回家，刘天臣吃完晚饭，和妻子王菊花一起把女儿刘玲叫到跟前。

“玲，你跟大说，你跟街里外娃恋爱哩？”“街里”是指孝通街道，“外娃”是关中方言，就是那个娃的意思。

刘玲知道刘天臣大指的是张小军，尽管她内心对张小军有好感，但大家只是学习呀。想到这里，刘玲说：“没。就是互相说题。还要考高中哩。”

尽管如此，她还是希望，要真的能成，她也是愿意的。她是真的喜欢张小军。

刘天臣想想，还是不放心。第二天他去孝通街道，找到他的好朋友程牛娃。

“牛娃，有个事，哥想叫你办。”

“就、就、就你、你说。”程牛娃也口吃。

“哥知道你和你们东街张木胜也是对向的。木胜外娃念书也念得好，学校有老师说，外娃跟我女子恋爱哩。”

“胡、胡、胡说！娃、娃、娃才、才、才十四五！”

两个人谈不下去了。程牛娃认为，这太扯淡，不能去说这个话。刘天臣想想，就没再坚持，骑着大摩托车，回刘家村了。

刘天臣是个能人，更是个明白人。如果两个娃考不上学，都在农村的话，他女子也不可能嫁给张木胜这个穷光蛋的儿子，穷得没个啥啥，一辈子只会下苦力当土工。就是给女子在农村寻对象，也要找个家境殷实的。但他转念一想，女儿刘玲念书成绩很好，说不定能考出去，张木胜这娃要能考出去，那就不反对，那毕竟是两回事嘛。但现在娃小，必须好好念书，不能由娃胡来。

从刘家村到卤阳湖西段的卤泊滩，这一里多地，刘天臣喜欢步行，不喜欢骑大摩托。他一个人手里拿着纸烟，边抽烟边慢慢走，沿着白茫茫的滩涂地，来回能走几个小时。外面的世界大着哩。联产承包后刘天臣通过勤劳和聪明，开了芒硝场，还办起了养鸡场，是村里第一批买柴油三轮车和大摩托车的人，日子过得蒸蒸日上。但农民，最终还是过娃哩。只要娃有前途，大人再苦，也值得。想想女儿念书成绩好，刘天臣暗暗庆幸自己能有这么一个好孩子。儿子虽然念书一般，但也品行端正，这也是刘天臣内心所满意的。

刘玲内心的波澜相当壮阔。一个十四五岁的少女，她的人生阅历、经历、见识，相当有限。她去过最远的大城市就是蒲城县县城，距离刘家村 20 公里。她见过最多的人就是自己村里的人、亲戚和校园的老师同学。《心经》中说："无眼界，乃至无意识界。"人们只可能在她视野和眼界的范围内，去识别，去评价，去抉择。任何人都不能对他不接触、不了解、没见过的事物有清晰的概念。在那样的环境下，张小军对读书的勤奋、对解答问题的认真，以及一个十四五男孩应有的淘气、在学校的爬树、打篮球等，都让她的内心泛起阵阵的波澜。每每想到这些，这个十四五岁的女孩子就感觉有些羞涩，感觉脸蛋发热。

寒假时，刘玲可以留在家里做寒假作业，然后跟母亲学做饭，这是农村女孩必须学的。但张小军不同。他从小目睹了自己的父亲日复一日地下苦力，每每想起父亲疲劳一天回家的状态，他就想怎样能让父亲的生活轻松些。这个恓惶的男人，因为笨了些，因为学不会木匠泥水匠等手艺，一生就这样老黄牛般地活着。对于妻子高高在上的凌驾，周围邻居的鄙视，他都默默承担，从不多说。但他的儿子心疼他。在儿子眼里，这是一个了不起的父亲。他在自己的能力范围内，没有一日松懈，为这个贫苦的家庭全力奉献，这就是伟大。为了帮助父亲，张小军决定假期跟着父亲去府华的砖窑拉砖，送给粮站。张小军把这个想法说给张天凤，张天凤就找本村开四轮拖拉机的张民星："民星娃！叫军娃跟你拉砖去！"

"行。"张民星回答道。

干了几天，张小军手上脚上都起了水泡。可张民星受不了了。和一个十四五岁的娃娃合作，自己就得多干许多，关键是张小军满手都是水泡，到底念书的娃，没吃过苦，张民星看着也难受心疼娃。几天后，张民星看到张天凤说："对咧些！让木胜叔和我去拉砖，不要叫娃去了，娃拉砖不行，几天满手的泡。"

看着自己满手的水泡，张小军在想，父亲这几十年来，每天过的都是这样的生活。自己才几天，就满手的水泡，以后的路漫长着呢，自己该怎么办呢？还是好好念书吧。

整个寒假，张小军专心看书，期间会走出去，到东街的医生王栓牢家门前看大家下象棋。象棋是一种智力游戏，同样的资源，为什么会分出胜负？这说明对资源的运用、组合，都相当有讲究。这个游戏对人们智力的锻炼，利大于弊。张小军也下棋，但主要不在王栓牢门前，而是在本村另一个医生魏志光家里，下棋的都是熟悉的人。

张天凤不喜欢张小军下棋。张天凤说，下棋又挣不来钱。

刘天臣家庭条件较好，基本每月都能带两个娃去孝通街道吃一次羊肉泡馍，5 元钱一份，带汤带两个烙馍。张木胜根本吃不起羊肉泡馍。那是人民币 5 元钱哪。只有张木胜的父亲、老贫农主任张根海因为有木匠手艺，经常能做些农具、棺材、箱子在孝通集会上出售，卖点钱，才会偷偷带着孙子张小军去吃一碗羊肉泡馍。为什么是偷偷？因为张根海不会带张小叶去。张根海内心，是重男轻女的。

孙子才是根本。这就是张根海的观点。爷孙两个人，买一份羊肉泡馍，要两个老碗，出一份钱，两个人都吃。张根海总是把肉给张小军吃，自己就用羊肉汤泡烙馍。自己老了，在自己当家的时候，这个家是过得非常好的，但到了儿子手里，现在是落后的。好在孙子念书，能把书念成的话，第三代就算有了一个好的出路。

每次吃羊肉泡馍，张根海不带张小叶，张小叶就哭。张天凤对张根海明显的重男轻女也没有办法，于是张天凤就给张小叶买定糕，5 角钱一份，这是张天凤和张木胜最大的承担能力。"定糕"是关中渭南地区经常在田间地头销售的一种，当地方言有时候念成"进糕"。其价格，相当于羊肉泡馍的十分之一，这是由材料成本决定的。羊肉泡馍得有羊肉，羊肉比做糕的米贵。

孝通街道卖羊肉泡馍的总共三家，另外秦家村有一家，吡家村有一家，党木镇有几家。张根海喜欢到孝西村靠近粮站的一家去。孙子张小军问为啥去这家，张根海说："这家肉重。"

这是关中方言。并不是羊肉到这家就变重了，而是这家给顾客的老碗里放的羊肉分量，相对其他家来说，会稍微多一点点。也不能太多，太多卖家会亏本。这里的肉重，就是此意。

时间飞驰，转眼一年过去，中考结束了。张小军以全县名列前茅的成绩考上了省重点高中尧山中学，位置在蒲城县县城，这是杨虎城将军创办的爱国主义中学；刘玲考上了党木高中，位置在党木镇；蒋军军没考上，去学开汽车。在农村，若上学没上成的话，家长就得想办法给娃定个方向，正常是让娃学手艺，或学烹饪，或学开汽车，或学电焊，或学木匠泥水匠，或学开挖掘机，等等。总之要找出路。

第四章　蓄势

1995年，是我国经济快速发展的时期。张小军和刘玲都上了高二，开始分文科理科。张小军在尧山中学选了文科，从原来的理科一班进入了文科五班。刘玲在党木高中选了理科。党木高中的文科，多年来没有一个能考上大学的，学文科要考大学，还是得到尧山中学。

这两所学校的生源质量区别很大。尧山中学的生源都是全县精英，学风都是健康积极竞争型的。这和杨虎城将军当年创办尧山中学的出发点是相同的。在当时，杨虎城并没有把当官挣到的钱给自己的子孙买别墅买豪车，而是用来兴办教育，他要为全县父老子弟提供受教育的机会，提供服务社会的平台。这个格局就是在今天，也是值得敬佩的。

到县城念书，张小军平均每个月能搭乘班车回孝通一次。为了改善营养，每次张小军从县城回家，爷爷张根海都会拿出5元钱，割猪肉，包饺子。一般都包猪肉大葱或猪肉韭菜馅的，包好了全家一起吃。张小军每次回家，也会帮爷爷洗脚。村里人看到都会说："根海孙子给他爷洗脚哩！"

农村的卫生条件和医疗条件，不能和县城比。渭北高原的农村，那样的年代，农民们一年能洗一次澡就不错了。因为干旱缺水，平均每年的蒸发量是降雨量的两倍以上。从小生活在大城市的人们可能无法理解那样的生活。孩子们在夏天的时候，可以去排碱渠扑水，也就当洗澡了。在天热时，大人们每天能用一盆水洗洗就相当不错了。水资源的珍贵，是不言而喻的。多年后张小军去河南安阳参观红旗渠，知道那里更缺水。有一个真实的故事，就是在河南安阳农村，过年了，公公好不容易去搞了一桶水回来，结果儿媳妇不小心把水桶打翻了，第二天一早，发现儿媳上吊死了。这个真实的故事，就充分证实了水的珍贵。

但尧山中学的各种教学条件，在全县无疑是最好的。全县 70 万人民子弟的精英，都集中在这个高中上课。其师资力量的配置也是渭北地区一流的，能互相比较的，渭南的瑞泉中学可以算一个。张小军正是受到县城高中的生活习惯、卫生习惯的影响，才开始在家庭中引导爷爷洗脚，促进血液循环，改善健康。当然，真正的健康，应当是身心平衡，不能太过焦虑。

县城的生活扩大了张小军的视野。他这才发现，县城里的生活条件，要比农村好许多。县城里的同学无论是早饭、中饭、晚饭的质量及营养，还是穿衣的款式、思想观念的形态，都要比农村娃先进许多。张小军所在的尧山中学，无论在文科还是在理科，每个班都有若干学生的家长或是某镇镇长，或是县政府机关某局局长，但是这些学生大都认真学习。这令张小军感到震撼。书上不是说，领导干部的子弟都不好好念书吗？怎么这里的这些子弟，绝大部分都认真学习呢？这恐怕就是学风的作用，就是格局的作用。如果人生的目标始终是在村里当个万元户，那就最大能成个万元户。如果人生格局是以县城为目标的话，那最大的发展成就也就是在县城里打转转。后来在和县城学生相处过程中，张小军逐渐知道，在县城学生的心里，省城才是他们向往的目标。如果能好好读书，考上好大学，将来能从蒲城县这个小县城飞出去，到西安城有个体面稳定的发展，那才是成功。

高一的时候过元旦，班主任白甲龙老师组织大家举办元旦晚会。张小军第一次被县城同学的才艺震得惊呆了。这些才艺，他一个都没有。

晚会由文艺干事常金朋主持。常金朋个头不高，脸圆，头发稀且发质发黄，穿着整洁，上身穿黑色皮夹克，下身穿深蓝色牛仔裤，脚穿黑色系鞋带的老人头款式皮鞋，甜水井人，他的父亲主要在县城承包工程，家庭条件是极好的，他喜欢文艺。

常金朋用浓重的陕西普通话说："下面，请我们班级钢琴专业八级的同学任亚军给大家演唱《在那遥远的地方》，大家欢迎。"任亚军的父亲是县城医院的院领导，同时也是主治医生，就这么一个独生女。但任亚军读书成绩不怎么好，特别语文，到高中了还是迷糊，弄不明白语法、转折等，甚至主谓宾定状补也搞不清楚。但想不到，她钢琴弹得那么好，唱歌简直和歌星差不多：

在那遥远的地方
有位好姑娘
人们走过了她的帐房
都要回头留恋地张望……

任亚军的演唱获得了同学们热烈的掌声。

常金朋接着说："同学们，下面请我们班的田蕾蕾同学，为大家表演流行舞蹈，大家欢迎！"

田蕾蕾是县纺织厂的子弟，家长是厂领导。田蕾蕾身材好、漂亮、灵活，穿着牛仔裤舞蹈套装，大方地表演起来。那表演好极了。要是在农村，同样年龄的女子如果这样，村里人会说：胡弄咧！不正经。但在县城，这是文化潮流，这是大家都认为正常的好的东西。

田蕾蕾的表演同样赢得了同学们经久不息的掌声。

"下面，"常金朋顿了顿嗓子，继续说，"请我们班的屈小红同学为大家演唱秦腔《花亭相会》，大家欢迎！"

屈小红是孙镇的，她的妈妈是孙镇初中的校长，爸爸是渭南地区教育局领导。屈小红个头儿小，戴副眼镜，平时不大说话，没想到会唱秦腔。屈小红一开口，不亚于县剧团专业的秦腔演员：

前面走的高文举
后面紧跟张梅英
……

这一次元旦晚会，与其说是大家开心过元旦的晚会，不如说是让张小军大开眼界的晚会。他的这些尧山中学的同学们，平时刻苦学习的程度，不亚于他这个农村娃，在综合素质方面，则是远远地把他这个农村娃抛在了后面，甩开了几十条街。在当时，人们并没有意识到，这就是教育资源的差距导致的结果，而仅仅归于城乡差距。事实上，城，包括省城和县城；乡，包括城郊和乡下。不同层次的差别，最终还是会体现在人的素质上。

而在党木高中，虽然这里的生源全部是农村来的，但由于容纳了原任、龙池、党木、孝通等多个乡的学生，刘玲的视野相对初中时候也开阔起来，认识的人也多了起来。刘玲本身长相端正，性格内向，学习认真,也博得了不少男同学的追求。其中比较明显的,一个是龙池的翟小刚，一个是原任的贺许正。翟小刚身材高大，长相英俊，皮肤黝黑，家里条件在龙池乡是数一数二的,其父亲翟老三是务农能手。贺许正身材中等，长相周正，皮肤一般，家庭条件中等，父母是普通的种地农民。他学习认真，也暗暗喜欢刘玲。

人都是敏感的，特别是十七八岁的少女。高中时期是人最宝贵的情感时期，也是人最懵懂的时期。每个女孩心里都特别清楚，哪个男生对自己有意思。

翟小刚为了追求刘玲，每天下了晚自习，都要到刘玲她们几个女生住的宿舍去吹牛,天天晚上一待就几个小时。但刘玲真的看不上翟小刚，别说他身高一米八，他就是身高八米一，也照样看不上。可是，那样的农村高中，刘玲没能力赶走翟小刚。翟小刚和党木高中那几个经常打架欺负同学的党木街道的混混儿，都是哥们。而和贺许正的相处，则是日常学习的交流、对问题的讨论。和贺许正交往的人，没有那些不好好念书的混混，都是普通同学。

刘玲常常在心里把张小军和贺许正进行比较。论家庭条件，张小军的家庭一贫如洗，贺许正的家庭中等；论长相，两个都差不多，都身高中等；论读书，两个都较出色……

由于和张小军的认识是初中开始的，高中后大家不在一所学校，相差几十里路，所以党木高中的男生并不知道刘玲对张小军的暗暗喜欢。在党木高中，众多刘玲的追求者中，比较明显的就是翟小刚和贺许正。

看到刘玲和贺许正经常一起讨论问题，经常晚自习后一起留在教室交流，翟小刚非常生气。他纠结几个党木街道的混混，在一次下自习后，在党木高中门口把贺许正挡住了。

“许正，我寻你有点事，咱们到斜对面党木医院旁边去说。”

贺许正并没有意识到是什么事情。既然都是一个班级的，平时自己和翟小刚也没任何过节，那就去吧。刚刚走到党木医院门口，几个混混的拳头就雨点般地下来，贺许正被打倒在地上，双手抱头，哭喊着说道：“小刚，打我咋哩！”

一顿暴打之后，翟小刚抽着一根纸烟，对贺许正说：“许正，你念书好，很有可能上大学，对不对？”

“对。”贺许正丈二和尚摸不着头脑地回答。

“既然你有希望上大学，就应当好好念书，对不对？”

“对。”

“所以，你应当和刘玲保持距离，不要每天晚自习都在一起。你应当好好念书。”

这时贺许正才明白过来。是的，他喜欢刘玲，刘玲也喜欢他，他能感觉到。翟小刚天天下了晚自习后跑到刘玲她们几个女生的宿舍去闲聊，其他女生都是明白人，都故意躲出去，就留下翟小刚给刘玲说笑话。他现在明白了。

“知道了。小刚，你完全可以直接和我说，为什么叫这些人打我？”贺许正问道。

“不是没提醒过你。我请陈九龙说过，你根本不理。这样提醒，你会长记性。如果再不长记性的话，下次可不仅仅是拳头了，还有铁棍。”翟小刚说着，从一个混混背着的麻袋里，拿出一根一米多长的铁棍，“我们是同学，你念你的书，考你的大学，我追我的女娃，互不相干，能行不？”

“行。”贺许正说道。此时他被打得迷迷糊糊，但他明白什么意思了。

“那你走吧，回去洗洗，不要让人看出来刚刚被打了。”翟小刚说道。

从此，贺许正晚自习都距离刘玲很远，一直到他考上了军校。后来他去看过刘玲一次，那也是在蒲城县城。他对高中这件事，仍心有余悸。

翟小刚最终没有取得刘玲的认可。刘玲从内心深处并不喜欢这个天天和街道混混混在一起的同学。她喜欢有志向的男生。

高二的寒假，当刘玲和张小军分别从他们念书的高中回到各自家里的时候，他们经常碰头的井家村的井亚红已经出嫁了，嫁去了水南村。丈夫是一个普通老实的农民，会电焊。井亚红结婚当年就买了两只小猪，开始养起来，作为经济收入的预备来源。生活把一个初中毕业的农村女学生改造成一个过日子的农村妇女，只要几年的时间，就足以成就一个门当户对的婚姻。

通过井亚红娘家弟弟的沟通，刘玲和张小军约定，到北滩见面。刘玲带上侄女刘翠翠，张小军带上贺文军和陈九龙。贺文军和陈九龙，都在党木高中，和刘玲同级不同班。陈九龙和翟小刚关系还相当不错。

虽然尧山中学和党木高中只有 10 多公里地的距离，但两个迅速成长的青年人一年都难得见上一两次。这个时候，又是人快速发育成长的时候。他们骑自行车到了卤泊滩，陈九龙和贺文军陪翠翠吹牛，刘玲和张小军沿着滩涂散步。

两年没见，张小军身高长了半头，看上去更像一个十七八岁的小伙子，身材清瘦，短发平头，上身穿黄色的去掉肩章的军装，下身蓝裤子，一双大头窝窝（棉鞋）。两年县城生活的陶冶，张小军的气质也发生了变化，看来省重点高中对人的熏陶，还是不一样。看着张小军，刘玲浅笑着说：“你长高了。”

“你也长了。”张小军也看着刘玲。刘玲也长高了，在女生中算中等稍微偏矮一点点。她穿着红色羽绒服，黑色裤子，黑色棉皮鞋。

是的，青春是一首灿烂的歌。刘玲走在卤阳湖西段这长长的白茫茫的、充满盐碱硝的卤泊滩上，想想初中时候这个天天清晨五点就起床读书、回答问题极为认真，孩子气还没消失，动不动就爬树的十四五岁的可爱小男孩，短短两三年时间就成长为英俊帅气的少年了！

“尧中念书压力大吗？”刘玲问张小军。

“相对的，”张小军边走边说，“压力取决于目标。”

“你的目标是什么？”刘玲问。

“改变命运。”张小军说，“你知道的，我的父亲一生辛苦，是个土工，到处下苦力，包括在这冰冷的北滩上在最严寒的时候出芒硝，为给我上学凑学费。”张小军一边走，一边指着滩地说：“这里有很多地方，我父亲都留下过汗水。”

“你真有志气。”刘玲看着张小军，欣赏地说道。

“不是有志气，而是无法选择。”张小军说，“我也曾做过苦力，拉过砖，几天时间双手全是水泡，更重要的是并不能胜任。我不想过我父亲那样的生活，一生天天去下苦力，到家里被妻子欺压，到村里被群众取笑。目前看，读书是有效的方法，相对其他的苦，读书不算什么苦。”

这次会面的消息很快就传开了。刘家村的翠翠回去先是给自己母亲陈桂花说了，又跑到刘玲家给刘玲的父亲刘天臣说了，王菊花也听到了。

吃过晚饭，刘天臣和王菊花找刘玲谈话。

“玲玲，好好念书，不要和街里外娃胡成倒。”王菊花说。“胡成倒”是关中的方言，就是胡乱、乱来的意思。

“玲玲，你妈说得对。你假期好好看书，没事不要往孝通街道跑！”

村里爱说闲话的人也三三两两地跑到刘天臣家里，劝他们。刘家村南头的刘三星给王菊花说：“好嫂子哩！孝通街道木胜穷得光光的，啥都没有。木胜这娃念书再好，没钱供不起上大学，也没球用哩。以你们家的条件，比他们家好不知多少倍，不能把娃往火坑推！”

张木胜穷，周围十里八村的人都知道。张木胜只能当土工，不穷才怪。

然而，这次会面，让刘玲对张小军更加欣赏。县城上学两年，使得张小军看上去和初中毕业后就到处打工、学烹饪、学开车、学木匠等同学相比，气质差距一眼就看得出来。更重要的是，张小军有明确的目标，更有实现目标的方法和资源禀赋。刘玲并不知道，为什么贺许正突然冷落了自己，也不知道翟小刚找人打贺许正的事情。她感觉，因为翟小刚老是往自己住的宿舍跑，或者贺许正生气了。生气就生气吧。从内心深处，刘玲还是希望张小军能和自己好。一个十七八岁的女生，多几个追求者，说明有魅力，也是好事。

如果说，刘玲党木高中的同学全是周围农村娃的话，尧山中学的同学，农村娃比例最多占到五成。正是另外五成的县城娃，开阔了张小军的视野。见识的增长，真和环境相关。这里要注意的是，这个县城 70 万人口中，90% 以上都是农民，工业人口比例极少，学校农村学生和县城学生比例对半开，也反映了农村娃上重点高中的难度更大。

尧中开学的时候，同班的甜水井的数学课代表刘燕，经常会叫张小军陪她给数学老师张欣学送作业，因为刘燕怕黑。张小军陪了两次，后来就不陪了，说在校园里面没啥怕的。后来刘燕就生气了，不和张小军说话了。再后来刘燕毕业后定居在烟台，从事英语教育相关工作。大概 20 多年后，张小军从上海出差去烟台，因为时间紧张，没来得及和刘燕见面。但两人微信回忆 20 多年前时，刘燕仍耿耿于怀，说：你为什么不陪我去给数学老师送作业？

对张小军来说，他在县城遇到的境况，和党木高中刘玲碰到的，天差地别。在尧中，张小军看到的是那些本来父母就已经是县城机关领导的学生们都在更努力地向省城目标奋斗。与这些县城的同学，除了考学成功，真的没有其他方法能在今后继续保持联系，因为在这个社会所处的阶层不同。比如像田蕾蕾这样的纺织厂领导的子女，如果大家都考不上大学，人家可能会嫁到贫苦的农村去当农民吗？不可能的事。因此，张小军只有一个目标，就是把书念好，走出农村，才有希望。这种压力，党木高中的同学是体会不到的。

张天凤仍旧辛苦地支撑着这个贫弱的家。她也和其他同村妇女一起，集体外出打工，为子女念书筹钱。有时大家打工回来，半路碰到羊肉泡馍店，一起各吃各的羊肉。张天凤就舍不得吃，坐在旁边说自己不饿。

同村的陈小所媳妇莹莹就说："凤婶婶，5元钱一碗羊肉泡馍，咋还舍不得哩？"

"你吃，婶婶不饿。"张天凤经常这样回答。她的想法是，省5元是5元。农民确实也没有其他收入来源，要供一个在县城读书的娃，真正是不容易。

刘天臣的养鸡场办得更大了。扩大经营需要更大的场地，并需要增加人手。他和村委会商量，把刘家村报废的农机站租赁给他养鸡，一年一千元钱租金。同时，他从妻子王菊花的娘家渭南下吉村雇用了一个50多岁的单身汉，管吃住，一年工资三千元，年底工资结算给单身汉的母亲。刘天臣无疑是这个社会框架下农村里的能人，他有足够的思考力和判断力。他既有农民的勤奋吃苦，又有经济头脑。养鸡规模化，刘家村也只有他才能创办这等规模的养鸡场。

冬天一到，卤阳湖西段的卤泊滩就如同《诗经》中写的，白雾茫茫。天寒地冰，苦工张木胜和王百锁继续到滩地出芒硝。刘天臣的芒硝经营，主要是为蒲城鞭炮厂生产炮仗炸药供货，因此经营一直相对稳定。1995年的冬天，张木胜和王百锁的条件没有什么改善，继续出芒硝，但厂长刘天臣的条件明显改善了。刘天臣更换了新的大摩托，更换了新的三轮，到芒硝滩检查工作的时候，换了新的大墨镜，旧的军大衣换成了新的羊皮大衣，里面还有西装和领带，脚上穿着厚厚的大皮鞋。张木胜和王百锁还是那样破旧，那样一眼就能看出是农村最底层的下苦人。这就是生活。下苦力的人虽然生活很艰辛，但仍然热爱生活。

刘天臣认识张木胜，也知道两家娃的事。但刘天臣从来不和张木胜打招呼说话，检查工作从来不给张木胜和王百锁发烟，也从来不把墨镜摘下来。王百锁经常对张木胜说："木、木、木胜哥！就、就、就咱活得不、不、不如人！"

张木胜继续干活，或不说话，或回一句："话多得很！"

当然，刘天臣算是一个诚信的乡镇企业家，就是他从来不拖欠下苦力人的工钱，不短一分钱，不拖延时间。可能在刘天臣的思想里，他认为虽然大家都是农村人，但人和人还是不同。

县领导经常会到各乡镇企业考察。蒲城县县长魏新峰多次下乡，到刘家村考察刘天臣的芒硝生产和养鸡情况。每次魏县长来，县长秘书董双平见到刘天臣就会抱怨："刘厂长，啥时把你村这路修好，路蛇得很！坐在吉普车上担得人沟子疼！"沟子,在关中方言中,是屁股的意思。担，是关中方言颠簸的意思。

"这得领导支持，给拨些款！"刘天臣对魏县长和董秘书说。

"财政没钱啊，"魏县长说，"教师工资都发不出，没钱修路！"

这是实话。在当时的财政情况下，农村中学公办教师的工资拖欠半年几个月是常事。

每次到芒硝场，魏县长都会一个人站一会儿，不说话。董秘书跟刘天臣说，县长经常这样思考问题。魏县长对刘天臣说："刘厂长，芒硝的工业开发，把一个几百年前还有万亩湖水面积的卤阳湖弄成这白茫茫的滩涂地，经济价值极小，这样的工业发展，是我们今后的方向吗？"

"领导说咋办就咋办！"刘天臣每次都这样回复。这样不会犯错误。

"我们得转变思路，珍惜自然资源，创新思维，变废为宝，让群众过上更好的生活。全县70万群众过的生活越来越好,当县长的才合格。"魏县长对董秘书和刘天臣说道。每次留吃饭，魏县长都不吃，说乡镇企业不容易，吃拿卡要会把企业弄死的。蒲城本就以农业人口为主，没啥工业，对少数几个敢干的，像刘天臣这样的乡镇企业家，要多支持，真支持，少为难，少让企业破费。

"这是真正共产党的干部！"刘天臣心里这样想。

每一本描写陕西的长篇小说出版，都会面临巨大的争议。贾平凹写《商州初录》的时候，反映了陕南农村的一些真实情况，有批评就说："贾平凹是把陕南农民身上的垢甲搓下来,拿给全国人民看！"陈忠实写《白鹿原》的时候，有批评质疑作者的政治立场，说啥的都有。但文学作品，真实才是力量的源泉。据说有不懂文学的领导开会，对陈忠实写作指手画脚。陈忠实当场就跟该外行领导说："你懂个锤子！"锤子，陕西方言中指男人的生殖器，这句话就是说什么也不懂的意思。事实上，从1977年开始，一直到2007年卤阳湖开发，这30年来的卤阳湖、卤阳湖西段的卤泊滩，都仅仅用作工业生产的芒硝生产地，都因为严重的盐碱程度无法种植农作物，一直当滩涂那样闲置着。

每个人物的成长都离不开环境。刘玲是，张小军也是。不同的环境，在人生的不同阶段，起到的作用是大相径庭的。蒲城缺水，制约了农业，制约了经济。杨虎城将军治理陕西的时候，曾经聘请著名水利专家李仪址兴修水利，促进农业发展。修水渠很重要，水源也很重要。渭河夏季容易发洪水，华县、华阴市夏季得防止洪水淹没村庄，冬天几乎断流，不稳定。卤阳湖的水源若能解决，改善的不仅仅是农业，还有气候，还有温度，一旦温度改变，那可以改变得更多，经济发展的速度就更快。干旱就如同魔鬼，会得寸进尺。新疆库尔勒有一条孔雀河，孔雀河接近罗布泊还差十几公里的时候，断流了，差一口气，最终没有流进罗布泊，重要原因就是塔克拉玛干沙漠的影响。

渭北高原的干旱，会群体性地影响当地人的性格。缺水会对人的性格造成怎样的共性的影响呢？缺水，根据五行说法，那就火旺，火旺就脾气大，两句话不对就干上了。同时缺水也就缺乏整体的狡猾，整体上，渭北人民还是憨厚朴实的。男人，女人，整体都是。

缺水也会使女人缺乏柔情，进而形成整体泼辣、残火的风格。如果你在陕西之外碰到了一个渭北姑娘，她柔情似水，那么只有两种情况，一是你可要当心了，因为你还没有见到真正的她；二是你真的碰到了好脾气的女娃。这是整体上的论断。

1996 年是高考之前冲刺的一年。刘玲、张小军都埋头学习，除了寒假，都没见过面。从 1977 到 1997 这 20 年，正是中国经济快速发展，成果举世瞩目，全球公认的 20 年。虽然这 20 年的改革，使得类似张木胜这样在挣工分时代家庭政治成分好、工分多的相对优势家庭因联产承包而败落，但成千上万的家庭生活得到了改善，人能吃饱了，一些有头脑的人可以去干乡镇企业，一些肯倒腾的农民可以到县城贩卖鸡蛋，从大局看，利大于弊。这个国家的最大群体的生产力得到了提高，人们的积极性也得到了提高。同时更为重要的是，社会精英的上升渠道重新被打开，那就是高考制度的恢复。类似张天龙那样因为政治成分是地主而不能上大学的时代，一去不返了，这给了多少人跨越阶层的公平机会！这是一个很了不起的国家，她不断修正不断发展改进，并惠及她的政府和人民群众。

1997 年，是个不平凡的年份。这一年香港回归祖国。这一年，两个 19 岁的农村男女青年刘玲、张小军，正在努力冲刺，通过高考这个机会，寻找他们的未来。

卷 二

湖边原芒硝厂实地拍摄

（拍摄地点：卤阳湖 拍摄时间：2019年11月）

第五章　金榜题名

1997 年的高考成绩在 8 月份公布。尧山中学因为是省重点，高考前有几名同学被保送到陕西师范大学，其中包括一班的女生辛米，六班的女生张五玲、男生李顺利。辛米保送的是物理系，张五玲保送的是中文系，李顺利保送的是历史系。对这些同学来说，因为有省重点高中的平台，加上自身平时的刻苦努力，就可以不用参加高考，不用参加千军万马过独木桥的全国范围内的竞争。党木高中则没有保送的资质。

刘玲考取了汉中师范学院，专业是化学。张小军考取了中国矿业大学，专业是法学。陈九龙考取了渭南医科高等专科学校，学习方向是中医。贺文军没有考上。贺许正被提前录取到国防科技大学，性质是军校。翟小刚没有考上。

刘玲和张小军考上大学的消息很快通过邮政局送入学通知书的邮递员张福成的口头传播传遍了全乡。刘天臣看到刘玲的汉中师范学院的录取通知书，对妻子王菊花说："玲玲把书念成了。"

"对着哩！"王菊花高兴地说，"玲玲考上大学，就把农民的这一身皮剥了，能吃公家饭，能当城里人，娃就不用一辈子在农业社下苦了。

听说街里外娃也考上了，中国什么大学，说要到徐州去上学。徐州是啥地方？”

“徐州是淮海战役的地方，在江苏省。”刘天臣回答说。刘天臣毕竟当过民兵连长，读书也读到过高中，不像王菊花，没怎么念过书。

刘玲听着父母亲的对话，没有搭话。她想通过井亚红传话，和张小军再碰碰面。刘天臣似乎看透了女儿的心思，对刘玲说：“玲玲，你现在考上大学了，大不干涉你的事了。你要理解大人的心思，过去干涉，主要是怕耽误你前途，也怕耽误人家娃娃的前程，在应当好好念书的中学时代不好好念书，上不了大学，走不出农村的话，耽误你们一辈子。现在你考上了，大不干涉了。你要和同学不管谁怎么走动，大和你妈都不干涉。”

“我想到孝通街道张小军家里去，问问他啥时开学报到。汉中师范学院通知书写的是 9 月 10 日，外省的大学还不知道。”刘玲说道。

“那你去，早点回来。”刘天臣说道。

是的，现在都考上大学了，这足以改变现状。如果两个娃娃能成，今后回家也方便，两家距离也不过 4 公里地嘛。再说，张木胜的儿子考上外省的中国什么大学，还是全国重点大学，说明这娃本身还是努力的，娃的长相、身高、各方面都不错，就是家里穷得叮当响，现在上了大学，这些都不是问题了。刘天臣心里这样分析。从刘天臣的情况来说，供刘玲上大学，他的实力是足够的。他的芒硝场、养鸡场，都有充分的现金流，也有足以支持两个孩子都上大学的经济实力。因此，刘玲考上大学，刘天臣除了高兴，还是高兴，没别的负担。

但张天凤则陷入了巨大的忙碌之中。张小军考上大学，这当然是好事。但上学得花钱。大学录取通知书上说，学费 2500 元。还不算娃到外地的火车票、吃饭、日常开销等。这样娃去报到，起码要拿 5000 元。对张天凤维持的这个贫苦家庭来说，她连 500 元钱都拿不出来。娃通知书上写的 8 月 29 日要到校报道，现在已经 8 月中旬了，念书的钱是个问题。一辈子不求人不借钱的张天凤为了儿子念书，开始求人借钱了。几个亲戚都已经用最大努力支持了，大舅舅借了 1000 元，姑父借了1000元，堂哥借了500元。家里有500元，还差2000元。

张天凤首先想到的就是大队书记王玉芝。王玉芝是共产党员，在群众中威望很高，办事公道，也注意照顾贫苦家庭。张天凤家承包地的款项，每年王书记都设法帮忙宽限。这对张天凤这样的家庭来说，就是很大的支持了。

渭北高原的公历8月中旬，还是干热得要命。中午从一点开始，整个村庄就安静下来，知了的叫声成了欢乐的节拍。白天虽然热，也没农活，但白天不好意思出去借钱。天刚刚黑，张天凤就走到王书记家里去。王书记家里有台黑白电视，许多人坐在板凳上看电视。在1997年的西北农村，家里有台小黑白电视，就算条件相对好的了。王书记的妻子陈邹玲看到张天凤来了，打了招呼，就让她坐下。

张天凤不好意思当着众多人的面开口借钱，就对王书记说："玉芝哥，有些事寻你哩！"

王玉芝是个明白人，当了多年基层干部，知道张天凤的来意。他请张天凤到安静无人的后院，倒了一杯水给张天凤，然后说："哥知道你来，是给娃借学费。前天我侄子守到来了，说娃正好今年到西安上学，也要钱。这不，哥这两天准备把牛卖了，给守到的娃拿上2000元。哥这实力有限。事碰到一打了。"关中方言中，"一打"就是一起的意思，就是事情正好碰到一起。

张天凤知道，王守到的娃和张小军刚好一年上学，不过是民办的大学。虽然和考上国家重点大学有所区别，但民办大学上学也得要钱呀。守到说得早，王书记这已经尽力了。

"那我不坐了，玉芝哥。我就先走了。"张天凤说着，和王书记招呼后就回家了。

王书记若不是碰上两个娃一起上学用钱，肯定能借点钱给自己，张天凤对此毫不怀疑。因为王书记的为人、威望，群众信任他。下一个找谁借钱呢？

毛文斗。张天凤脑子里闪现出一个人来。毛文斗是孝西村人，早年出去工作，是粮站的正式工，后来在党木粮站、陈庄粮站、原任粮站工作多年，再后来被提升为蒲城县粮食局的一个科长，工作能力是有的，人也踏实，就是只有两个女儿，没有儿子。大女儿毛玉珍初中毕业考上了蒲城师范，毕业后到马虎乡去教书，当了公办教师，嫁给了同样在马虎乡当公办教师的原任人王军峰。小女儿毛玉荣初中毕业后考取了陕西省粮食中专学校，毕业后进了县粮食局，也是正式工，当时看就是铁饭碗。毛文斗退休后和妻子翟会玲把县城分的公房租赁给在县城做小吃生意的护难村的王老五，两口子就回孝西村住了。

毛玉荣比张小军大三岁，在孝通初中念书的时候比张小军高两届。毛玉荣初三的时候，张小军初一。毛玉荣看过张小军写的作文，内心深处对这个十三四岁的小弟弟充满了喜欢。初中毕业毛玉荣考上了粮食中专，中专毕业后就上班了。但她经常关心张小军的情况。张木胜家一贫如洗，张小军在县城念书，饿得瘦骨嶙峋。护难村的王老五在县城摆了两个小吃摊位，一个是在蒲城县汽车站，一个是在尧山中学校内篮球场旁那一排，主要卖凉皮、菜夹馍等。毛玉荣没事的时候就骑自行车去尧中，看张小军打篮球。这些张小军毫不知情。张小军喜欢吃菜夹馍，每次王老五给的分量都很大，那是因为毛玉荣跟王老五说，这娃是我村的，多给娃些。王老五问毛玉荣，你每次来娃都不知道嘛。

毛玉荣中专毕业后，到县粮食局上班，有不少人给她说媒。毛玉荣说暂时不考虑。对毛玉荣来说，自己确实只有十八九岁。如果张小军考不上大学，自己是粮食局正式工，肯定不可能。如果考上了呢？她一个人常常这样想，憧憬着未来。当她听说张小军考上了全国重点大学，某种希望又在她心头燃烧起来。她想，这就起码有了可能性。人一旦有了希望，那就是两种状态。毛玉荣的母亲翟会玲看透了女儿的心思，于是就和毛文斗说了。毛文斗是见过世面的人，想想自己女子身材高挑、长相漂亮、修养良好，不可能嫁不出去。但毛文斗也知道自己女儿的性情。他明白女儿的心意了。这事娃不好开口，自己一张老脸也不好开口。

正当毛文斗两口子琢磨没头绪的时候，一天傍晚张天凤来了。两口子知道她可能是来借钱的，但仍喜出望外。翟会玲高兴地说："赶紧屋里坐！我给咱倒水！"

张天凤对此毫不知情，心里想人家这么热情钱就说不定好借了。张天凤开门见山，说：“文斗哥，你看嫂子也在这儿，咱娃考上大学了，我想借学费，2000 元钱。”

翟会玲充满了喜悦，看着张天凤，张天凤开口借钱后，翟会玲的表情显得更高兴。张天凤有点纳闷：这是借呢，还是不借呢？

毛文斗喝了一口茶，抽了一口烟，说：“好事，娃上大学，是咱乡里出了人才。”毛文斗一把年纪了，只能先这么接话，他不知道该怎么开口。他听妻子翟会玲说，女儿上班两年存了差不多 3000 元钱，表示愿意无条件借给张小军上大学。但这又算哪门子的事呢，自己指定不能这样去谈。怎么谈呢？这事目前还不能叫中间人，万一把人叫来，这话说不明白，自己的脸往哪里搁呢。

正想怎么说，门口响起了摩托车的声音，一个 40 岁左右的高个子男人进来了。这人问：“这是会玲家？”

“对。啥事？”翟会玲说。

“洛北天村你姨老了，来报丧，后早上埋人。”说完人就走了。翟会玲还说让人喝点水再走，那人说还要通知几十家亲戚，赶时间，就不停了。这里的对话都是关中方言。“老了”就是普通话里死了、去世的意思。“后早上”就是后天早上。

后天埋人，明天就得出门。这里“出门”是指参加仪式到场。翟会玲说：“那今天晚上就要蒸馍哩！”碰上这个紧事，刚好是个机会，毛文斗说：“妹子你看这来个紧事，是这，你先回，哥和你嫂子明天出门，后天去看着把她姨埋到地里，你后天下午来，能行木？”“木”是方言中语气词。张天凤一想，距离开学还有差不多两周时间，后天来就后天来，人家碰上这埋人的事，能理解。想到这儿，张天凤就说：“能行。”

有这个事，毛文斗就通知两个女儿回来参加姨姥姥葬礼。刚好是周末。毛玉荣当晚回来，翟会玲一边蒸馍，一边跟毛玉荣说了张小军母亲来借钱的事。毛玉荣问：“那我大给钱了吗？要是不够我还存了 3000 元。”

“没。话都没说完，洛北天这就来人了。”翟会玲说。

第二天毛玉珍也回到家，她了解了妹妹的心思后，对毛玉荣说：“不能无条件借钱。要不就全程供张小军念完大学，毕业后工作了就结婚，这几年的钱就当投资支持，不用还了。”毛玉珍的这个主意，正符合毛文斗的意思。毛玉荣当然喜欢，但她问姐姐：“这样太直接了吧？”

“你从小就不干脆！”毛玉珍说妹妹，“这样多清楚，不跟人胡燃。”关中方言中，“胡燃”的意思是和人胡说八道、强词夺理的意思。

得到大女儿的支持，毛文斗决定就按这思路和张天凤谈。张天凤和张木胜过得那恓惶劲儿，能和自己这样的家庭攀亲，那简直就是连升三级！要不是小女儿心里麻缠人家，自己才舍不下这老脸谈这。

埋好人的第三天刚好是星期日。下午两点多，张天凤就来了，毛文斗全家极为热情。毛玉荣倒了水，给张天凤说：“姑，你喝水！”之所以叫姑，是因为张天凤也是孝西嫁出去的。

“咦！荣荣回来了。”张天凤受宠若惊，来借钱，人家每个人却都把自己当 VIP 对待。在张天凤眼里，毛家这两个女子都是争气的，凭借本事吃上了公家饭。

寒暄后，就留下毛文斗和张天凤两个人。毛文斗问：“妹子，娃这四年大学，得多少钱？”

“起码得两万元。学费四年就一万元，还有生活费用，娃一个月起码得二百元生活费。”

张天凤毫无防备，就在借钱的框架里想事。

“你看咱荣荣娃咋向？”毛文斗问。“咋向”关中方言中的意思就是“怎么样”。

“好得太。娃在县城粮食局端铁饭碗哩！”张天凤自然地回答。

“妹子你看，哥有这样一个想法，成不成的，你先听。荣荣今年 21 岁，军娃今年 19 岁，军娃上大学四年所有费用，哥全包了。娃大学毕业了，回咱渭南，哥想办法给娃安排落实单位，不管是粮食局还是文化局，哥有得劲的关系。娃工作落实后，两个娃结婚。咋样？”

张天凤直接蒙了。这么好的事？她很快就反应过来了，对毛文斗说：“文斗哥，按妹子的想法，这事撩得很。”关中方言中“撩得很”是“非常好”的意思。

张天凤继续说：“我跟木胜过的这恓惶日子，没个啥啥，能和哥当亲家，那是八辈子都难遇的好事。我没意见。关键是，这万一娃四年后大学毕业了，不回陕西了，咋办？”

张天凤反将一军。

这事毛文斗也没想过。外面的格局发展太快，到时真这样，不是耽误了毛玉荣几年，白花了几万元，最后事没弄成吗？

“哥，不能耽搁荣荣。军娃这到外面念书这四年，后面能不能一定回咱这儿，吃不准。哥你忙，我就先回了。”

张天凤不能要毛文斗的钱，她对娃将来的发展没把握，她不想乡里乡亲之间失信，关键是耽误人家女娃几年。

又来回借了一周时间，还是没借到钱。张天凤确实也没地方借了，就对张小军说：“不行了就先拿3000元去上学，等到了，家里再想办法一个月一个月邮寄。”张小军说没问题。

眼看开学还有不到十天时间了，张天凤得拿着通知书找乡里管身份证的樊家村的樊战胜，给张小军开个身份证号码，通知书上说只要有身份证号码，就可以到大学里办身份证。这是19岁的张小军第一次拥有在这个社会的身份证号码。别说张小军，张天凤夫妇、张根海夫妇，都没有身份证号码，更没有身份证。这已经是1997年了。这种情况在广大农村是相当普遍的。张天凤开好身份证明，就开始为张小军准备行李。

看到张天凤来回跑借不到钱，想到儿子张木胜又没有办法，张根海把自己多年在集会卖农具的所有存款700元钱拿出来，给了张小军：“这是爷给你的，拿去念书。”

亲戚家的钱，姑家的舅家的堂哥家的，都是要还的，不过不用支付利息，这就是人情。爷给孙子的钱是给，不用还。张根海年纪大了，已经77岁了，劳动能力已经很弱了，尽管天天还骑自行车去割草，但明显越来越力不从心。他一生话不多，勤恳实干，但不等于他没有观点。他心里清楚儿子张木胜的能力，所以他连自己的棺材，都是自己准备的。按农村习惯，老人的棺材应当儿子准备，才叫养儿防老。但张根海都自己准备了。

临上学报道的前五天，张小军在姑父的陪同下，去蒲城县火车票代销点购买了西安到徐州的火车票。临出发前的头三天晚上，张根海的亲弟弟张书海一个人来到了木胜家。

“七大，你咋来了？”张天凤称呼张书海为七大。

“七爷。”张小军叫了张书海一声。张书海坐在凳子上，拿起烟袋锅，抽起了旱烟。张小叶去秦家村和同学玩去了，张木胜和王百锁去府华村砖窑出砖还没回来。张根海看到弟弟来了，就也坐了下来。

张书海是偷着来的。张书海的儿子张木仓家里有四轮拖拉机，长期以来，一直在劳动中照顾张木胜，两家本来一直互相帮助，相处融洽。突然有一年因为两家地界划分，就多说了话，两家就不美气了。“不美气”在关中方言中，就是相处时心里不太舒服，有疙瘩。后来又因为其他的误会，两家基本不来往了。所以，这种情形下，张书海是偷着来的。

张书海也没钱，但张书海女儿多。逢年过节女儿女婿来，给个十元八元的，张书海都舍不得用，积攒起来。听说张小军考上了重点大学，张书海避过妻子和儿子儿媳，把自己积攒的钱整理了下，已经 90 多元钱了。正想着怎么凑几元钱凑 100 元整数给张小军送过去的时候，嫁到蒲城县县城的女儿回来看他，给了他 10 元钱。张书海高兴极了，到孝通街道正街的金灿小卖部，换了一张 100 元面值的钱。晚上他一个人避过家人，就来哥哥张根海家了。

抽了两口烟，张书海掏出 100 元钱，放在桌上：“凤，钱给娃拿着上学。”张书海说道。显然，这钱也是不用还的，是送的。在今天的人们看来，这 100 元钱算个啥呢，可在当时，对一个 70 多岁的在家里没有财权的老农民来说，积攒 100 元钱得多久的时间啊！这不仅仅是钱，是亲情，还有爱。

坐了一会儿，大概怕引起家里人的猜忌，张书海就起身回家去了。

张书海给张小军 100 元钱的次日凌晨，天还没亮，张木胜的舅舅，从北蒋村骑自行车来到了木胜家。因为很早，木胜还没有出发去砖窑干活。

“舅。”木胜叫道。

“舅老了，挣不来钱了。娃上学，舅这儿攒了50元钱，给娃拿上。”老人家拿出手帕，里面5元、10元地凑了50元钱整数。给了钱，没怎么坐，老人家就骑自行车回北蒋村了。

在出发前一天的凌晨，张天凤正准备起床，听到后门有人打门。开门一看，张天凤说：“大嫂，你咋来了？”这是刘家大嫂，就是张木胜的同父同母哥哥的妻子。

“凤，我不停了，还要回去看娃哩，给娃拿100元钱。”

大嫂把100元钱给张天凤，没停，后门也没有进，就骑自行车回了。天还没有亮，漆黑一片。

出发前的头一天晚上，村里关系好的人家都来送行，有给鸡蛋的，有给10元钱的，有给烙馍的。当天晚上差不多十一点，人们才渐渐离去。第二天要清晨四点起来，收拾好，用二堂哥刘兴喜的摩托车把张小军送到秦家村，然后从那里搭车，去西安火车站。

第二天一早，张小军在二堂哥刘兴喜和孝通庄子姑父的陪同下，到了孝通秦家的丁字路口。一到路口，就看到几米外站着一男一女，仔细看，是刘玲和她的弟弟刘鹏，刘鹏开摩托车送刘玲。

“我送你到西安吧。”刘玲说道。然后刘玲转头对弟弟刘鹏说：“你先回，姐下午从西安搭车到这儿，再赶上蒲城到富王的班车就能直接到家，你下午不用再来接。”

秦家到西安的班车，刘玲买了三个人的票。除了刘玲和张小军，还有张小军的姑父张青松。张青松是中学公办教师，亲戚们认为他送张小军到徐州最可靠。

“你一下走这么远，我连陕西都没出去。”在班车上，刘玲对张小军说。

“费钱，”张小军回答说，“火车票要钱，人生地不熟要钱，江苏比西北富裕，物价差价费钱，总之，费钱。”

“你说汉中师范学院怎么样？”刘玲继续问。

张小军说：“你家庭经济基础相对好，如果各种条件许可，你尽可能读到研究生毕业，那样今后可选择面大，也能更好地服务社会。”

“你呢？”刘玲反问道。

“我这家庭情况你是了解的。我可能大学毕业得先工作，把这个家庭解放出来。以后工作了有机会的话，就再继续读书。”张小军诚恳地回答。

“我们每月互相写信吧。”刘玲说。

“好。”张小军肯定地点了点头。

刘玲的弟弟刘鹏并没有按姐姐的要求直接开摩托回家，而是开到秦家村同班女同学秦招娣家。秦招娣一个人在家，也没啥事，就跟着刘鹏坐着摩托车逛去了。

刘玲送张小军上学的事，刘天臣没有反对。既然都考上了大学，还反对什么呢。再说，这样也好，大家都知道两个娃好，那就顺其自然。

张小军离开家乡,去大学报到,是 8 月 29 日。刘玲开学是 9 月 10 日。从 8 月 30 日开始，刘天臣也开始忙着给女儿办身份证号、预定火车票等等。刘天臣骑着大摩托，戴着大墨镜，自豪地飞驰在十里八村的村道道路上。他路过府华村砖窑，看到张木胜和王百锁像挖煤工一样光着上身，穿一条长短裤，一双烂布鞋，拉着一架子车砖干活的时候，有时也会想，就这样的人，娃上了全国重点大学？如果不是娃考上学，这样的家庭，怎么能和自己的家庭门当户对呢？自己的亲家，怎么可能会是这样层次的人呢？

9 月 5 日，魏县长视察乡镇企业，刘天臣告诉魏县长和董秘书，自己女儿考上大学了。魏县长高兴地说：“祝贺祝贺。这些娃们能飞出这村沟沟，不容易！将来要能报效家乡，那就更好了。”

董秘书跟着说：“对着哩！”

魏县长照例到卤阳湖西段的卤泊滩上刘天臣的芒硝厂看了看，不过 9 月的天气中午还是比较热。看着芦苇丛生的盐碱地，没转多久，魏县长和董秘书就回县城去了。这次开吉普车的司机好像换了个年轻娃，听董秘书说，是部队上刚复原的，在县机关开车，叫任明明。

第六章　走出卤阳湖

转眼三个月过去了，时间到了 1997 年的 12 月。渭北高原的冬季这一年来得早，卤阳湖西段的卤泊滩早早地变成了白茫茫的霜冻色。尽管刘天臣的芒硝场还在出芒硝，但魏县长多次考察已经开始思考如何更好地利用这滩涂。张木胜和王百锁照例干着以往相同的苦力。这个冬天，因为女儿去汉中上师范学院，儿子又在党木上高中，家里就刘天臣夫妻两个加上从下吉雇用的一个老年单身汉。因为家处在北滩边上，距离村里又有一些距离，出于安全考虑，刘天臣到渭南狗市去买了一只小黄狗，是关中地区非常普通的草狗，20 元钱成交。买回后，刘天臣白天把狗拴起来，晚上放着，这样有什么情况的话，狗能给人提醒，也能给人壮胆。刘天臣给狗起名字叫黄。这就是关中方言的特点，就这一个字，发音二声。

张小军到徐州上大学，是第一次走出陕西。法学专业是中国矿业大学社会科学系新设立的专业，第一届是法 96，就一个班，20 多个学生；第二届就是张小军这届，叫法 97，全班也 20 多个人。这 20 多人里，江苏省生源占到 60% 以上，山东生源占 30%，其他地方基本都一省一个学生。陕西就张小军一个；河北就吴守刚一个；东北就王志科一个；河南两个女生，一个汪迎军，一个蒋知春；山西就程琳一个，也是女生；北京密云一个男生，上了不到一个月就主动退学回北京了，不知道啥原因。

生源的地域结构是一个方面，还有生源的城乡结构，农村出身的学生占到80%，非农村出身的学生比例大概20%。这种地域差异、城乡差异，在生活习惯、经济水平、行为观念等各个方面，往往出现剧烈的冲突。那时大学宿舍没有空调，一个宿舍六个学生，在报道之前学校就已经分配好了，但分配时并没有考虑到这些细节方面的差别。

到中国矿大上学的学生，排除主力生源地江苏、山东之外，其他各省的学生，基本在当地县城都是拔尖的。毕竟中国矿大也是全国211重点院校。这些学生到徐州后，都必须面对新的学习环境、新的同学关系、新的师生关系，以及新的个人发展规划。

对张小军来说，这也是新环境下的新挑战。如果说孝通初中时他的视野就是本乡的同学，那都是农村孩子，生活习惯都一样，谁也不会笑话谁；如果说到尧山中学时他的视野是本县城的城乡出身的同学，那区别就是县城和农村生活条件差距，都是一个县城的，都吃凉皮，都吃肉夹馍；而到了大学阶段，同学则来自全国各地，有北方的也有南方的，有干旱地区的也有多雨地区的，如此大的差距，使得他必须去适应和面对。因为在这里至少要进行四年的学习生活，这里也是他改变人生命运的重要跳板。

更为重要的是，一个班级学生除了城乡、地域、习惯差异之外，经济实力也有极大的差异。全国各地经济发展水平不同，每个同学家庭背景和父母收入结构不同，这些都会在日常的相处中形成冲突。对张小军来说，他来上学前，母亲到处借钱，都没有凑够5000元钱；父亲还在日复一日地和王百锁干着劳动报酬最低、劳动强度最大的苦力，妹妹还小，爷爷已经77岁。这个五口之家，他承担着怎样的责任和压力，只有他自己知道。

在汉中师范学院，刘玲的处境相对优越得多。一方面她家庭经济条件相对好，这个相对好，一方面，就是在汉中师范学院主要生源来自陕西；另一方面，学生以陕西人为主，生活习惯、地域背景、卫生条件等各方面几乎是相同的，差别就是省内的差别，如同延安和商洛的差别，整个差别的幅度就框定在这个范围内了。

刘玲一上师范学院，同班的男生陈官印就看上了她，对她展开了追求。开学第三周的周五下午放学，陈官印约刘玲到图书馆楼前的操场走走。陈官印对刘玲说："刘玲，我第一眼看到你就很喜欢你。我父母是部队上的干部，就在咸阳。我喜欢当老师，所以我报了师范学院。我的理想是汉中师范学院毕业后，就回咸阳，到中学教书。家里在咸阳早就买好房子了。我舅舅就在咸阳教育局系统工作。我能和你交往吗？"

刘玲看着眼前的陈官印，一米七五的个头，标准的关中汉子，脸庞清秀，上身穿黑色夹克，下身一条牛仔裤，脚上一双耐克球鞋，手腕上一块日本西铁城的机械手表，头发很整齐，这一看就是城市大院长大的。从心里说，刘玲不反感这样出色的男孩，甚至是有些喜欢的。陈官印家庭条件优越，经济基础好，和他谈朋友的话，起码汉中师范学院这四年生活费能省一大笔。但刘玲一直喜欢有志向的男人。她感觉，一个男人从小把自己的未来，就定位为一个中学老师，似乎不符合她的价值观。当然不是说中学老师不好，任何一个岗位都是有价值的，只是刘玲希望自己喜欢的男生能有更远大的理想，视野不局限于一个村、一个县、一个省。

想到这里，刘玲很友善地微笑着对陈官印说："谢谢你。我有男朋友，在江苏上大学，是全国重点大学。我们就当一般同学相处吧，也祝你能找到更合适的交往对象。"

刘玲想，张小军就是经济上太贫穷了一点，其他方面都是符合的。

但贫穷也是一件令人感到不自豪的事情。和 1978 年十一届三中全会改革开放之前相反，人们羡慕和尊敬经济实力强的人。在国家特殊的十年时期，谁是贫农谁光荣。1997 年的中国大地上，任何省份，人们的思想都能统一起来，那就是发展是硬道理，贫穷不是社会主义。这种观念会发散到任何一种组织形态中。张小军家太穷这一点，其实也是他内心深处不够自豪的弱点。

陈官印追求刘玲失败后，全班男生都知道刘玲有一个在重点大学读书的男朋友，蠢蠢欲动者就干脆死了心。这倒给刘玲四年一个良好的读书环境。这四年她和宿舍的武文婷、姚迎春成了好朋友，几个女生约定一起努力考研。读研虽然要再辛苦几年，但出路更加美好。

巨大的经济压力迅速传到了张小军的妹妹张小叶那里。张小叶读书和哥哥一样出色，已经读到初三，正常情况考取重点高中不成问题。但是，16岁的她看到母亲为了哥哥上学到处借钱借不到的事，便决定和班级中那些学习成绩不好的同学一起去广东东莞打工挣钱。那时去东莞打工，刚去第一个月可以挣到500元钱。自己生活费留100元钱，就可以剩下400元钱，给哥哥每个月200元，给母亲每个月邮寄200元。在张小叶的印象中，父亲张木胜一直打苦工，从没停过，却挣不了多少钱，家庭境况始终不好。张小叶对张天凤说："我和同学一起到广东去打工，供我哥一个人念书就行了。"

张天凤没说什么。这样的家庭，似乎没有别的选择，也没有别的路可以走。一个16岁的女孩，还没成年，就要扛起这个家庭的责任。张天凤逐渐感到，张木胜也已经四十七八岁了，干苦力显得力不从心。这个家庭当前的经济来源，也只有牺牲一个孩子的将来，来换取另一个孩子的发展。这种事情在中国的广大农村比比皆是，是无奈之下理性可行的正确选择。有一年，电影《唐山大地震》中把这种取舍放大了，救援队只能救一个，是救女儿还是救儿子，这个课题在全国范围内引起了热烈的讨论。

第七章　勤工俭学

1997 年冬天，学生们放寒假的时候，蒲城县魏新峰县长的大学同学许钟林从美国回国探亲，两人相约见面。许钟林是蒲城孙镇人，恢复高考后考到西北农学院，学农业。毕业后因特殊机会去美国留学，也是学农业，后来就留在美国，当了美国西北大学的终身教授。

星期天上午，两个多年不见的同学在县政府魏县长的办公室见了面，很是激动。两个 40 多岁的男人，因为大学毕业后所走的路不同，个人前途和命运也截然不同。魏县长说："钟林，你现在是华侨了。"

"我还是咱蒲城人！"许钟林说，"我不如你哩！你能为家乡父老服务，做贡献。我这从念书出去，到现在，都没给家乡贡献过什么，说来也惭愧得很。"

"我更惭愧，当县长没能改善父老乡亲的经济生活水平，全县没什么税收大户的工业企业，服务业更不用说了，农业靠天吃饭，农民整体恓惶得很。蒲城还是全国贫困县。我这县长当得，对不起国家对不起党，对不起 70 万家乡父老啊！"

"别这么说，"许钟林安慰魏县长，"我们一个乡出来的，现在村里人都羡慕你，说你当官了，名声好着哩。能为父老乡亲着想，而不是想着利用职权谋私贪污。”

两人聊着快中午了，魏县长问许钟林：“晌午想吃啥？”

“其实想吃羊肉泡馍。就是以前我们在尧山中学念书的时候，学校对面的青年泡馍馆。过去念书都是一两个月节约钱，一天节约一角钱，攒够五元钱，一大早就去吃。许多年过去了，就不知道人家中午开不开门，卖不卖。”许钟林说，“今天星期天，你要不忙，你能不能选选全县那些典型的地方，我们去看看？”

“是这，”魏县长说，“我带你到卤阳湖西段的卤泊滩去看看。那里的土地，以盐碱地为主，一般农作物难以生长，农民不知道种啥好。现在就是出芒硝，给县城鞭炮厂供应原料。咱们顺道到孝通街道靠近粮站那一家羊肉泡馍去吃，那家肉重。”

两人说好，魏县长招呼随时待命的董秘书和司机任明明，开着吉普车就出发了。

许钟林坐在如同大西洋里颠簸的邮轮的吉普车上，看着窗外，不由感叹。是啊，几千年的黄土，几百代的人，想想自己在美国的生活，想想故乡，他内心触动极大。他到美国多年，他的父母还在蒲城孙镇的农村老家，天天为远在异国奋斗的儿子祈祷保佑。这次要不是大哥说父亲病得严重，自己也不会从大洋彼岸回来。

四人中午到孝通街道吃了羊肉泡馍。许钟林说：“这里水盆味道不错。青年泡馍馆的煮馍味道也好，但这里没煮馍。”

董秘书听了，就对羊肉泡馍馆的老板说：“乡党，咱这里只有水盆，没有煮馍？”

老板到后院取老碗去了，正在门口打馍的小伙计说：“煮馍也有，不过这里周围来吃的人，都自己掰馍，吃水盆。”

吃完泡馍后大家上了吉普车，就往刘家村方向的卤阳湖西段卤泊滩开去。从孝通街道开往井家村的道路，是主干乡道，石子沙子混合路面，吉普车还好开。一进刘家村，就是坑坑洼洼的土路，路上到处都是坑。许钟林和魏县长坐在后排，董秘书坐在副驾驶。看到董秘书右手拉起吉普车上方的把手，许钟林就问：“董秘书，你这是咋了？”

“这路……蛇得很！我人瘦，担得沟子疼！”

许钟林又看看自己左边的县长魏新峰，没啥反应。许钟林就给董秘书说：“你看县长都没事木！”董秘书说：“县长减震好！”

“减震好？”许钟林看了看魏县长。魏县长说：“对着哩。你看我腰粗沟子大。我半扇沟子能顶小董一个半钩子！”关中方言中“沟子”就是屁股的意思。

渭北高原的冬季本来就干冷。吉普车开到卤阳湖西段的卤泊滩，人体的感觉更冷。这里白茫茫的芒硝,在太阳的照射下,反射出肃杀的气息。

“老同学，”魏县长开口了，说话的时候，嘴里呼出的热气和冷空气碰撞，形成了浅白色的气流，“我到这儿考察过多次。这里群众一般种植的是小麦、苞谷、棉花、油菜、花生、红苕，其他的农作物不耐盐碱的，种不成。”这里关中方言中的“苞谷”，是玉米的意思。

“我看看。”许钟林说着，就蹲下去，在极为寒冷的环境下，脱去手套，用手指直接去触摸这滩涂，并认真地看着手指上粘的土沫，用鼻子闻了闻，用舌尖轻轻地尝了尝。

“有没有考虑种树？”许钟林问。

“关键是农民要有收益哩，仅仅政府推动，农民没有收益的话，也不行。”魏县长回答着许钟林，嘴里呼出的白色在眼前形成一条长长的画线。

“我看过国际上对这种重度盐碱地的一些开发，”许钟林说，“耐盐碱地的树木，比较合适的有两种，一是桑树，一是梨树。桑树和梨树，如果从农民收益的角度考虑的话，梨树可能更好。但梨树种植，适应的盐碱度，也就是这卤阳湖周边的土地，这滩涂不行，树苗活不了。从我了解的信息来看，最好的应当是安徽砀山梨树。从树苗开始栽培，三四年后才能挂果。”

“这是好事啊，”魏县长高兴地说，“老同学，你这对家乡贡献大了。得谢谢你啊。”

“这是应该的。不过在正式行动前，要多宣传、多沟通，还要到安徽现场学习，包括一亩地种植多少棵梨树，树木之间的株距、日常防治虫害的方法等等，许多都要系统的学习。”许钟林对魏县长说。

事实上在1997年冬天之前，所谓以蒲城孝通镇为代表的蒲城酥梨生产基地，连一棵梨树树苗都没有。从这一年开始，也就是和蒲城出身的美国农业科学家许钟林的会谈，以孝通街道一碗5元钱的羊肉泡馍的成本，为全县人民特别是卤阳湖周围20公里范围内的群众农业种植，提供了一条致富道路。从2001年开始到2016年，15年时间形成了蒲城酥梨和白水苹果齐名的品牌，加上卤阳湖周围温差和日照条件的优势，虽然梨树来源于安徽砀山，但蒲城酥梨的甜度等各方面均是青出于蓝而胜于蓝。2016年前后几年，由于天灾等因素，虽然不少农民把梨树挖了，重新栽种葡萄提子，但每年四五月份，要是人们去蒲城，去卤阳湖国家湿地公园旅游，还是能看到洁白的梨花，那是极为壮丽的自然景观。

让群众过得更好，经济才能真正发展，魏新峰始终坚持自己朴素的执政观念。他也是这片大地的孩子，从小也经历了干旱、严寒、酷暑、贫穷。人活一世，就那么几十年，只要能改善群众的生活水平，哪怕GDP不高，自己也问心无愧。

1997年的冬天，刘玲放寒假，从汉中师范学院回到了刘家村。她回家第二天下午，就骑自行车到孝通街道张小军家去。刘玲一般从后门敲门，因为农村相对落后，说闲话的人多。张天凤刚开门，刘玲就问她：“婶婶，小军回来了没有？”

“没有回。你咋一个人骑车子来了？进来坐。”张天凤招呼着刘玲从后门进屋。

由于临近寒假，刘玲和张小军就互相没有再写信。之前的信件也没谈到寒假的事。这次来了张小军家，刘玲才知道，张小军的妹妹张小叶为了供哥哥念大学，初三辍学去广东打工，去了两个多月了。坐在低矮的木凳上，看着张小军这贫困的家庭，想到张小军的父亲正和其他苦力工一起，此时正在自己父亲的芒硝厂干苦力活，刘玲内心禁不住打冷战。这样的家庭，出一个人才，那确实是不容易。坐了几分钟，刘玲就给张天凤打招呼，准备回家。

“婶婶，我回了。”

张天凤说：“好。”然后送刘玲到后门外，看着刘玲骑自行车走远，方才关门。

张天凤也是明白人，她能看出这两个娃娃的交往绝不是一般同学随便走动那样简单。但她无能为力。她所当家做主的家庭，就是这样的情况。她又能怎么办呢。

几天后，张天凤和刘玲分别收到了张小军邮寄的平信。张小军给母亲的信，说要到春节前的两天，腊月二十九才能到家，放假这段时间白天到学校门口的打印店帮打字，每一千字能挣5元钱，然后晚上到学校计算机系一个电脑硬件维修培训班上课，学习维修技术。张小军给刘玲写了一封信：

刘玲：

你好。这个大一的寒假，我计划在徐州待到腊月二十八再买票，学生证可以半价。腊月二十八下午三点四十分出发，腊月二十九早上六点四十就到渭南。腊月二十九中午就能到家。

这一学期的大一生活，开阔了我的视野。除了传统大学英语的学习，计算机的学习更令我兴奋。虽然尧山中学也有计算机教室，但高中学习主要是考大学，算不上真正接触电脑。美国人的计算机系统已经升级好几次了，我们一开学，计算机系统就已经从Windows 95升级为Windows 98了，打字、表格、图示的处理，都已经是Office 97了，效率太高了。我十分珍惜这次机会，努力练习打字，但很可惜，我就是学不会五笔打字。无奈之下，我只好用双拼打字。在打字比赛中，我用拼音打字居然得了满分，比用五笔打字的同学还快。也正是这样的原因，计算机老师介绍我到学校门口的打字店兼职，一千个字五块钱。后来我才知道，打字店从社会上招聘打字员，是一千字15元钱，因为和我坐在一起打字的、家在徐州泉山区的一个打字员，一个年轻的女孩，叫王笑阳，她就是一千字15元钱。打字店老板跟我说，你是兼职，主要是锻炼，只能给5元钱每千字。不过，打字店老板说可以五折学费让我参加计算机系的硬件维修培训，对学生的价格是90元钱，对我可以45元钱。他保证，十次课程之后，能解决问题，能快速维修、拆卸电脑的CPU、内存条、硬盘、显卡、声卡、主板，能快速判断问题。我听了打字店老板的话，答应了他。

令打字店老板惊奇的是，面对一些比较赶时间的活，王笑阳连续打几个小时会晕倒，而且也打不到五千字，我居然不吃不喝能连续六七个小时打一万多字。为此老板把许多赶时间的活都交给我和王笑阳一起干，往往都能保证任务完成。

我这样算了算，去掉每天3元5角钱的三顿饭钱，去掉学计算机硬件每天平均5元钱的学费，能完全到手40元钱。我每天平均打字六七个小时，平均每小时能挣7元1角钱。想想我的父亲，在砖窑出了一辈子砖，他平均每小时挣6角钱；到你父亲的芒硝厂干苦力，每天干十个小时，平均每小时也就6角5分钱。打字并没有我父亲辛苦，为什么收入差距会是十倍以上呢？我认为可能是供求关系吧，或者打字员的教育投入大于农民的教育投入吧，也说不准。

另外，在饮食上，除了家乡的羊肉泡馍，兼职打字期间我又认识了另一种食物，叫牛肉板面。一般都是打字结束后，都下班了，就剩下打字店老板和我两个人的时候，打字店老板就跟我说："小张，走，到矿大南门斜对面去，那里有个卖牛肉板面的，可香了，就是没固定地点，一个人推着一辆脚踏人力三轮车，打游击。他停在校门口附近，校保卫处会赶他走；停在市场附近，市场保安赶；停在公共区域，城管赶。南门那里管得比较松，经常能吃到。"当然，打字店老板叫我去，肯定是他请客，不扣我的工钱。我总共和他去过四次，吃到过三次。

牛肉板面味道确实很好，1元5角钱一碗。我希望到大二的时候，自己能吃得起。无论如何，这牛肉板面，我将终生难忘。

那个卖牛肉板面的中年男人特别爱吹牛，自己天天被赶着到处跑，却偏偏对每个吃面的吹牛说，他祖上是皇室的厨子，专门做牛肉板面给王爷吃的。有的吃面的听不下去，就问这个卖牛肉板面的老板："老板，您哪里人？""江苏铜山县。""牛肉板面是安徽太和县的特色小吃，你是铜山县的，你祖上怎么会是皇室的厨子？”“祖上清朝乾隆年间迁移到铜山县的！”吹归吹，但味道确实很香。

我妹妹为了供我念书去广东打工。我的家庭情况你是清楚的，我想利用这个假期，把维修电脑的技术学会，看能不能解决一些实际问题。城市的电脑普及速度相当快，徐州的海云电脑城和黄河岸边的赛格电子城里，每天购买电脑的人络绎不绝。这是一个趋势，但是在农村，我们是看不到这个趋势的。以我们生活的乡村来说，十里八村一台电脑都没有，甚至人们都没听说过。

这一个学期，我尽量适应这里的环境。前面几封信我跟你说过，一个班级 20 多个同学，来自江苏、山东、安徽、东北、河北、河南、北京等全国各地，适应是一个现实问题。我大一前半学期观察下来，大部分农村家庭出身的同学，经济条件其实都不是很好。陕西的就我一个。学校每月 22 元多的补助，能解决我一周的伙食费。但这仅仅是吃饱。我想利用这宝贵的时间，多让自己学会一些实用的技能。

好了，就说这么多。预祝你寒假充实、开心。这封信就不用回复了。寒假应当有可以见面沟通的时间。

张小军
1997.12.15 于徐州

刘玲接到张小军的信，认真看了几遍，感觉教育和环境确实可以改变人的视野。若不是上了大学，到了外省，接触了全国各省的同学，接受了系统的计算机课程教育，一个农村的青年连县城都没出去过，怎么可能有这样的经历和见识呢。

张小军每日白天兼职打字，晚上学习电脑硬件的装卸和维修，到腊月二十六，打字店放假。打字店老板多给了张小军 100 元钱，是两张 50 元面值的，说：“小张，打字快，不耽误事，客户多给了 200 元，给你 100 元。”

“老板，我收 50 元，您留 50 元。您请我吃了几次饭，不是钱多钱少的事，人和人合作，互相都要讲究个情分。再说您也免了我 45 元钱的学费呢。”张小军接了一张 50 元的。

“都拿着，小张，”打字店老板说，“念书不容易。这是你该得的。”

看到老板如此坚决，张小军就把钱都收下了。

腊月二十八上午，张小军在宿舍整理了背包，检查了火车票，把寒假挣的 600 元钱中的 500 元存在了农行卡里，身上带了 100 元钱。下午三点多从徐州站上火车，很快他在车上睡着了。凌晨醒来的时候，他发现裤子左前裤兜被划了一个口子，显然是被小偷光顾了，再仔细一看，学生证、火车票等都被放在自己趴着睡觉的茶几板上，就是挣的 100 元钱，还有身上本来装着的 30 元钱，全部没有了。

对面坐着的一个大爷操着浓重的陕北口音对张小军说：“贼娃三点多的时候拿刀划的，三四个小伙，我没敢言传。看到他们划了你裤子，拿了钱，把学生证又放到你睡觉的茶几上了。”

“没事，”张小军对大爷说，“贼娃还是不错的，起码把车票和学生证留下了，不是拿下车随便扔垃圾堆。那样我下车没票就出不了车站，麻烦就大了。”

“咦！这娃娃心宽得很！”对面的老大爷惊奇地说。

这是怎样的转移支付路径呢？张小军自己分析着。中国矿大的一位世界级学术泰斗的一本专著要出版，找打字店打字。因打得比较快，老教授多给了 200 元钱，打字店老板分给张小军 100 元。然后张小军乘坐徐州到渭南的绿皮火车，路上被贼偷了。贼拿着这钱，回家过年。路径是这样的，这中间的因果关系在什么地方呢？

大概早晨六点钟，列车上的乘警进行秩序巡逻，张小军就报警了。乘警说：“这伙贼是惯犯，基本上深夜两点半上车，四点下车。我们也抓过，但我们抓他们就不偷，我们睡觉了他们就动手，以后晚上坐车睡觉一定要注意。”乘警做了登记，对张小军进行了提醒。

腊月二十九下午两点多，张小军回到了他阔别差不多半年的家中。这是他回家唯一看到父亲在家的时间点，平时父亲都是出去干苦力。爷爷和母亲也都在。妹妹过年不回来了，刚去广东两个月，来回折腾不够路费的。

张小军回来了，家里自然高兴。原本过年才买的几斤肉，下午就计划蒸包子，韭菜粉条的、大肉的、地软豆腐的。地软是一种菜，就产在卤阳湖西段的卤泊滩周围。

张小军放好行李，洗了洗脸，坐下来和家里人没说一会儿话，就听到有人在前门敲门："小军在家没？"

张天凤开门，见是一个年轻漂亮，个子不高但很有气质的女孩。

"在哩！"张天凤回答着，也不敢多问，就回头对张小军说：

"军娃，你来，你看你这雅达的同学？""雅达"关中方言就是"什么地方"之意。

"春霞，你咋来了？"张小军问道，"赶紧进来。"

春霞的全名叫田春霞，是张小军尧山中学文科班的同学，考上了延安大学。张小军在尧中上学的时候，一个月回一次家，衣服经常洗不干净。每次洗衣服碰到张小军，田春霞都会说："拿来我帮你洗，你洗不干净。"

田春霞学习很努力，长相秀丽端正，就是身材不高，但看上去很干练，气质很好。高考结束后，通信条件不发达，他们互相也没有留联系地址和方式。没想到腊月二十九，田秋霞居然能找到家里。

"你是咋儿找到这儿的？"张小军问。

"我问了建波。"田春霞说。

"哦。"他曾和许建波和王军亮住在一起，他们三个人是好朋友。许建波考上了咸阳医学院，他和田春霞都是坡头的。

"我前几天来，你家里没人，听村里人说你给家里写信了，到二十九回来。我就来看看。"

田春霞说着，看到张天凤忙着蒸包子，就说："我来帮忙。"

"不敢不敢，"张天凤赶忙说，"军娃，你跟你同学谝，灶房不用帮忙。"

"那就让我妈忙吧，"张小军对田春霞说，"我们坐后面房子说话吧。"

田春霞这是第一次到孝通。在尧山中学，她看到张小军学习刻苦，看到他言语不多，知道是农村娃，但不知道家庭如此贫苦。这次她来，看到的一切都令她动容。真不容易，田春霞这样想。

“每天孝通到蒲城，就富王一趟班车，今天你走不了了，只能明天一早搭班车，先到蒲城，再到坡头。”张小军说。

“那就明早走，今晚睡你家。”田春霞说。

“好，吃好饭后我请我妈给你收拾下这间房子，”张小军说，“以前我高中回来住，后来我妹妹住，我妹妹去广东东莞打工几个月了，这房间就没人住了。我妈前几天都晒过被子和床单了。一会儿给你换个新的。”

“行，”田春霞说，“晚上聊到我想睡觉了，你再走。我就想和你多谝会儿。”

腊月二十九孝通东街还有几家结婚的，大喇叭放出威猛的秦腔：

猛想起当年考文会
包拯应举中高魁
披红又插花游宫内
国母嫌咱面貌黑
……

吃好中饭已经差不多四点了，张天凤给后头房子换了新的床单和棉被，把张小军的被子挪到爷爷张根海的炕上。男同学来了可以一起睡一个房间，可女同学来了张小军就只能睡爷爷炕上去。

白天的喧嚣渐渐远去，很快天黑了。

田春霞说了她在延安大学的生活学习情况。

“还是感觉高中同学亲，”田春霞说，“一到延安，班级里就开始竞选班干部，开始竞争入党先进分子。同学们为了竞争拉票，关系总感觉怪怪的，不像高中，都以考大学为主。”

“这是好事，”张小军对田春霞说，“你还好，延安大学几乎都是陕西生源。我到江苏徐州，一个班级全国各地的都有，陕西就我一个，这不也活着回家过年了吗？”

田春霞开心地笑了，她还是比较喜欢张小军这种心态和语言风格的。她说：“说说你的情况吧。”

“我一个学期，学会了计算机，还在电脑打字店兼职挣了600元钱，火车上被小偷偷了100元，还存了500元，我准备攒钱买电脑。同时我学会了电脑硬件维修，可以用周末时间在电脑城帮计算机销售公司装配电脑，一天可以挣70元钱，估计开学后就可以兼职。”张小军说，“你应当珍惜在大学的学习机会，看事物要多看积极的方面。你想想，我们这些农村出身的孩子，如果考不上大学，我们的命运将和我们的父辈一样，怎样的未来都看得到。上了大学，起码身份改变了，这是主流，也是我们高中政治课中学的主要矛盾。”

“你说得也对。”田春霞坐在床上，把脚放在被窝里，看着坐在凳子上的张小军，“你继续说。”

“说就说，”张小军继续说，“当然我能理解你的意思。你不希望同学关系中掺杂太多功利的东西，但上了大学，大家都是成年人了，成年人之间，避免不了利益竞争。正常的竞争是好事情，你得调整好心态，这样，看世界的角度就更积极乐观。”

“在大学我真适应挺快的，”田春霞说，“我就是和你说说我的感受，又不是和谁都说。并且，我也能适应。”

“我这家境你也看到了，”张小军说，“如果没有坚强积极的心态，我早就在思想上垮掉了，是现实逼迫我一步一步走过来的。我也曾尝试和我父亲一样干苦力，结果没几天双手全是水泡，疼痛难忍。如果我留在农村，这样的家庭，能娶到媳妇吗？”

“能咧！你长得好么！”田春霞打趣地说。

“在农村，男人若不能挣钱，长得好不顶用。”张小军回答。

“你说的也是事实，”田春霞说，“不过现在我们都上了大学，不一样了。对了，你毕业了回陕西吗？”

“不知道。九六级是最后一批国家包分配的，九七级开始自谋职业，双向选择。”张小军说，“我这家里没钱没人，没背景，没关系，回陕西回渭南，或回蒲城，难度很大。”

“为什么？”田春霞反问。

“因为我们这里经济不发达，竞争不充分，就业仅仅凭本事和才能，那是不行的。”

张小军喝了一口水，继续说：“真正能留在陕西或留在渭南，能进机关单位的，应当是我们尧山中学那些县城出身的同学，父母在县城或地区机关工作的。这是我的判断，不相信的话，过十年或几十年可以验证。除非经济真的发达了，机会公平了，否则这种现状是结构化的，不去评价好坏，是现实。”

“你真敢说。”田春霞看着张小军说。

“这也就是大年二十九我们闲聊说说，对外我从不说，因为我无力改变。不但我，千人万人也无力改变，真正能改变的，是不断发展的时代力量，可能十年，可能几十年或更久。”

“现在在外地上大学，有人帮你洗衣服吗？”田春霞看着张小军，轻轻地问。

“没。陕西就我一个，我自己洗。”张小军回答说。

两个刚刚上大学的青年人的对话，今天在我们看来好像没什么，但仔细去体会，就会发现，大家对未来都充满了不确定性。既然充满了无限的不确定性，年轻的人们，彼此又能说些什么呢？

是的，能说什么呢。未来充满了不确定性，这是好还是坏？没有人能说得清。想想我们每个人的青春时代，我们的中学时代，难道不都是这样一步一步走过来的吗？青春带走了光阴的故事，改变了我们。我们若是静下心来，去体会这些年轻人没有说出来的话，就会知道那难以说出口的，那无法开口问的，才真正是语言之外的真实的痛苦。

确实也不能说什么。20 年后张小军曾经从上海专程去延安看了看。上海到延安，有直达的 K560 次列车，24 小时 27 分钟，从上海闸北火车站下午两点四十八分发车，次日下午三点十五分到达延安火车站。到了延安，张小军又去延安大学看了看。此时的延安大学他一个人都不认识，但延安大学在他的脑海里，仍和 20 年前那个刚刚上大一的同学田春霞联系在一起。人往往就是这样，每一份经历，都是一份价值不菲的回忆。

第二天早上五点多，张天凤就起来打扫院子。五点半，她叫醒了张小军。张小军去后面要叫田春霞的时候，田春霞已经开灯起床了。由于班车是早上六点十分就到孝通街道十字口，所以早上的时间相对紧张，早饭都没来得及吃，简单洗漱后，张小军就把田春霞送上班车。由于是大年三十，车上只有几个从农村回县城的人，不拥挤。

“那你回吧。”田春霞上车后对张小军说。

“好。”张小军挥了挥手。

考虑到联系不方便，张小军对张天凤说：“要不家里装部电话吧，联系也方便。”

“钱从哪里来？”张天凤问。

“我寒假帮人打字攒了 500 元，本来准备买电脑的，可以先给家里安装一部电话。”

“装电话得 1200 元。”张天凤说。

“知道。另外 700 元我想办法。”张小军说。

“你能想啥办法？”张天凤说，“还是好好念书。”

“要不开学你准备给我带的 2000 元，先拿 1200 元装电话，我带 800 元就行。后面我再打字赚。”

确实，几千里地，寄信需要一两个星期的时间，有个急事是不方便，于是大家商量一致后，开年正月十六县城邮电局上班，电话就装上了。

正月初四，刘玲和弟弟到孝通街道的亲戚魏振东家做客。魏振东家和张小军家也就一两百米的距离。中间抽个机会，刘玲骑自行车来到张小军家的后门。张天凤听到敲门声，开了门，看是刘玲，就请了进来。刘玲进门后，看到张小军正在院子里给爷爷张根海洗脚。

“爷。”刘玲叫了一声，但张根海耳朵已经不行了，没有听到，因此也没反应。

“听不到了，你声音小。”张小军对刘玲说，“你坐会儿，我快好了。”

几分钟后看到张小军收拾好了，刘玲问道：“你回来年前没到我家来找我？”

“二十九下午刚到家，尧中一个同学到我家来，走不开，大年三十咱这儿又讲究不能到人家家里去。”张小军回答说。

“我今天出门，”刘玲说，“你初六时间行不行，行的话到我家去吧。”

“行。”张小军回答说。

两人平时相互写信，所以见面交流的信息也不大，就是半年没见，互相看看彼此的变化。“我能通过自己的劳动挣钱了。”张小军说，“这是这半年我的一个变化。”

“你初六不能空手去，得买点东西吧？”刘玲说。

“行。”张小军回答。

“给你 100 元钱，你买一条金卡烟吧。”金卡，是关中宝鸡卷烟厂的“金丝猴”品牌中的中高档香烟，当时一条 80 元钱左右，在农村算是很高档的。刘玲说着，掏了 100 块钱给张小军。刘玲知道张小军家的家庭情况。这 100 元钱，张木胜干苦力得差不多半个月。

“不用，”张小军说，“烟我来买。”

大年初五，张小军要出去买烟。张天凤问为什么买，张小军说，和刘玲约好大年初六去她家，大过年的不能空手。张天凤说：“拿两样食品就行了，买好烟干啥呢？为了供你上学，你看你大抽的都几角钱一包的烟！”

“那行，就拿两样食品。”张小军同意了母亲的说法。

大年初六吃过早饭，张小军拿了亲戚们送的两样食品，骑自行车就去刘家村了。刘玲一家现在住在刘天臣开的养鸡场的管理中心，这里距离刘家村和距离卤泊滩差不多，都是两三百米。

这是张小军第一次到刘玲家。之前是不允许的，同学之间见面只能到井亚红娘家，五六个同学一起。现在上了大学，家长允许他们互相走动了。

刚一进门，拴在大门口的黄狗就叫得非常凶。

刘鹏跑过来开门，对黄狗说：“黄，不咬！”

黄狗还是不停，继续凶狠地“汪汪”叫。

正在出鸡粪的下吉的 50 多岁的单身汉拉个空架子车路过，对刘鹏说：“鹏鹏，这谁？”

刘鹏回答说：“这是我姐同学。”

单身汉说:“同学就好。要是说对象的，肯定弄不成哩。”

“为啥?”刘鹏好奇起来，因为他到秦家秦招娣家去，秦招娣家的狗从来都摇尾巴表示友好，从来不对他“汪汪”叫。

“迷信迷信，不可不信，”单身汉说，“我年轻的时候，人家跟我介绍对象，我去对方家见面，对方家的狗一直很凶地叫，后来就吹了。老人的话神得很，说狗不咬亲戚。两家人要是能成，从见面开始，狗都不会咬的。这个同学来，黄狗叫得很凶，成不了亲戚。”

单身汉说这话，刘玲和刘天臣都听见了。刘天臣就对单身汉说:“话多得很！抓紧干活。”

初六的见面，先是黄狗“汪汪”叫得凶，再是单身汉的解读，然后张小军又只拿了两样极为普通的食品，使得大家心里都感觉怪怪的。

刘鹏趁着家里来人的机会，骑着大摩托车，到秦家村去找秦招娣了。刘鹏路过孝通街道综合门市部，买了一条金卡烟、两样食品、一瓶西凤酒。到了秦招娣家，秦招娣和父母都在，秦招娣家的狗见了刘鹏，更是欢喜得不得了。秦招娣已经不念书了，如果能嫁给十里八村的大能人的儿子，那是太好不过的事情了。所以刘鹏每次来，秦招娣家里人都很欢迎。

第八章　人生第一桶金

过了 1998 年春节，很快到了开学的时间。刘玲去了汉中师范学院，张小军去了中国矿业大学。开学后计算机系的陈老师找到张小军，问他周末是否愿意到海云和赛格电脑城去帮电脑公司组装计算机，骑自行车来回，中午管盒饭，一天 70 元钱，现结。对张小军来说，这是好事。当时随便组装一台电脑，差不多三四千块钱，标配的 CPU 有 INTER 的，有 AMD 的，频率在 233~330Hz，内存条有 16M 就算不错，硬盘 3.2G，声卡显卡主板集成，有华硕的主板、麒麟的主板等等，显示器以 14 寸为主。上网以 56K 的 MODEL 为主。

张小军每周末在赛格和海云两个电子配件市场之间，骑自行车来回穿梭,每天能积攒 65 元钱。每周能干两天,每月能有 520 元钱的存储。干到快放暑假，他存了 2400 元钱，还是配置不起一台属于自己的计算机。六月初的一个星期六，张小军在海云电脑城组装电脑。一个彭城大学的年轻女老师,拿了一台计算机过来维修。就张小军熟悉电脑软件，老板说：“小军，你看看啥情况。”然后，老板对女老师说：“开机费 150 元钱。”

女老师点点头。

张小军拆开一看，主机箱内全是灰尘，再仔细检看，就是内存条松了。他对电脑主机箱内进行了清理，把内存条拆下来，用干布条擦了擦，重新安装上去，计算机就正常了。

“您平时计算机主要做什么用？”老板问女老师。

“打字，处理文件，看看碟片。”女老师回答说。

“看碟片的话，我们这有 17 英寸的显示器，现在促销，只要 1200 元，如果买的话，开机费 150 元钱可以免除。”老板向女教师推销。

“我想想，”女教师思考了很短时间，“那我这 14 寸的显示器呢？”

“您自己带回。”老板说，“我这儿也不回收二手显示器。”

“打出租车带两个显示器太麻烦了，”女老师想了想，对张小军说，“要不你帮忙把这台 14 寸的显示器给处理掉吧。”

“好。”张小军说。

女教师走后，张小军测试了这台 14 寸的显示器，发现各项性能都很好，就问老板：“这个 14 英寸的，好好的，为啥推荐 17 英寸的呢？这浪费了。”

“不浪费，”老板说，“我这开一天门，房租、水电、税收、工资、压货，成本大，销售出去现金回笼，才是正道。再说，对客户说，大显示器看碟片确实对眼睛好。这个 14 寸显示器你要感觉好，你就拿回去用。你不是一直想自己组装一台电脑吗？有了显示器，其他的配件我成本价给你，你就从咱店里选吧。”

就这样，在 1998 年 6 月初，张小军亲自组装了自己的第一台计算机，系统使用的是微软公司的 Windows 98，软件使用的是 Office 97，包括 Word，Excel，Powerpoint 等。他算了一下账，总共 1700 元钱，包括华硕 CD-ROM 的光驱、漫步者的 2.1 低音炮音箱。还剩 700 元钱，用 400 元钱买了老板手里一台闲置想处理的喷墨佳能打印机，墨水可以灌，也就是打印成本将非常低。老板送了各色的墨水各两瓶。

张小军把电脑和打印机弄回宿舍。此时正是大四本科生毕业论文答辩的时候，论文打印的需求非常大，大家都到学校门口打印店去打印，一张一角5分。张小军在学生宿舍门口贴了一个小广告："论文打印，一张1角。本宿舍302室。"

一张便宜5分钱，对大学生来说，就是很大的成本优势了。一般本科生论文以6000字为标准，按字体字号要求，每篇论文都要打印平均10张，因为还要修改等，每人起码打印三次。总体而言，平均每人打印30张。而打印纸和墨水，加起来每张打印总成本也就五分钱。这样就有对半的利润，也就是说每打印一篇论文都有一元5角的净利润。短短20天时间，由于明显的价格优势和良好的服务态度，大四学生中有20%的学生都到张小军这里来打印，不同系别的论文篇幅不同，修改的次数也不同。张小军算了算，总共打印了2000多篇论文，平均一天打印100篇论文。6月底论文答辩结束的时候，这项打印业务，去掉纸张和墨水成本，张小军挣了3200元钱。这是他第一次挣这么多钱。学生宿舍内的这种打印服务，自然是不用纳税的。

他总结了这20多天的经营，认为这钱能挣到手，主要是靠运气。正好碰到大四毕业生论文答辩的时期，也就是碰到了刚需的窗口期。同时他的价格比打印店优惠30%，然后他的服务态度很好。学校打印店的老头服务态度极差，让学生们排队不说，还在打印店的房门口公然写了两行大字：

顾客不是上帝
主顾平等交易

这让排队打印论文的大四学生们心里是有些不满的。不过学生们没有可替代方案，没有更便宜的打印服务。张小军的打印服务态度好，价格低，因此很快抢占了20%的市场份额。但毕竟打印服务的供远远小于求，所以这流失的20%客户，丝毫没有引起学校打印店的任何损失，学生们依然排长队等候打印，老头依然忙碌。

6月底，毕业论文答辩告一段落，大四学生们纷纷离校，校门口的小饭店里天天晚上哭声一片。毕竟同学了四年，成长了四年，如今天各一方，离别悲伤，人之常情。特别是在大学谈了几年恋爱的同学，分配的工作地点却相距几千里地的，彼此心里都知道要拜拜了，但舍不得，喝点酒就一起哭泣。也许有人问：为什么不把工作找到一个城市呢？因为 1998 年全国高校毕业生还是国家包分配工作的。包分配就是一份正式工作，这背后的利益，包括户口、干部身份的编制、粮油关系等一系列的具体事项，都关系到现实的切身利益，不像现在劳动市场那么简单。几乎没有人有勇气辞去国家分配的工作，跟恋人到同一个地方去，那吃饭都是问题。就是坚持到一个城市，劳动力市场当时并没有开放，一旦找不到正式工作，也走不下去，这就是现实。

7 月初的一天晚上，一个曾经来张小军宿舍打印过毕业论文的计算机系大四学生，拿了几本计算机书，到张小军宿舍说：“同学，看你对计算机有兴趣，这几本书，我就不在楼下摆摊处理，送你了。”

张小军一看，知道对方是计算机系水平很高的同学，打印过他的论文，知道他叫王海，也听说他被分配到电信单位了。张小军说了声“谢谢”，请对方坐下。

宿舍其他同学都放假回家了，就两个人。王海说：“我分手了。”

“啥？”张小军惊奇地说，“你那么出色，电信局工作很稳定。”

“我被分配到深圳，女朋友被分配到兰州，她本来就是甘肃兰州的。”王海说。

之后王海说，等他一下，他到楼下小卖部，买了六瓶啤酒，两袋花生，两包徐州当地的红杉树牌香烟。王海说，明天晚上就离校了，今天晚上和张小军聊聊。

“行。”张小军对王海说。

“我们谈了四年，”王海一边抽烟，一边吃花生，一边喝啤酒，“都好好的。这分配的时候，碰到这样的事情。”

“您老家哪里的？”张小军问王海。

“江苏连云港。”

……

交谈中张小军得知，王海的女朋友陈芳芳是和他同一个班级的，大一开始两人就谈恋爱了。王海家庭条件好，女朋友是甘肃的，家境极为贫困，四年大学吃饭基本都是王海花钱的。这恋爱了四年，毕业分配，说分就分，王海心里是极为难受的。

人都是有感情的。碰到这种现实的问题，能怎么办呢？张小军不好多说什么，就是听。后来王海一个人喝了五瓶，烟抽了一盒半，就是花生没怎么吃，酒瓶空了，人也迷糊了，就摇摇晃晃地回自己宿舍睡觉去了。

时间这个东西，是不能往后延伸和观察的。王海最终因为分配的原因与女朋友分了手。女朋友也撕心裂肺地哭，但还是抗拒不过现实的利益，还是分手了。王海到深圳电信局后大概一年时间，就加入了著名的即时通讯 IM 工具软件公司。这个公司当时的 LOGO 是小企鹅，主要是人和人之间沟通的工具，20 年后这个公司的价值接近 2000 亿。王海作为最早的一批，也有几个亿身价了，该有的都有了，房产、汽车、妻子、女儿。20 年后的 2018 年，王海休假，专程去了一趟兰州。兰州也通了高铁，交通上比飞机还方便。到兰州后，王海最终没有联系他的初恋、大学同学陈芳芳。他打听到，陈芳芳在一个大专院校教书，已经是副教授了，丈夫是政府公务员，也是个处级干部，人蛮老实的，有一个女儿，上中学了。

再联系也没意思。王海告诉自己，都许多年过去了，大家都安静地生活着，还去打扰干什么呢？生活就是这样，人们为理想而努力，但又不得不服从现实。王海在兰州待了几天，基本没怎么出酒店，就静静地从兰州到西安，见了几个大学同学，然后从西安咸阳机场飞深圳宝安机场了。

王海大学同一届的同学王丽，毕业后也在兰州，也在教育系统，一直和陈芳芳保持交往和联系。后来，她告诉陈芳芳："王海前几天一个人来兰州了，待了几天，我听在西安商务厅工作的我们这一届的同学周博说的，周博说王海在西安和他们几个见面了。他来兰州，没联系你吗？"

"没。"陈芳芳平静地回答。

或许没联系，就是最好的关心。20 年的时间足以磨平许多事情，包括人的感情、性格、思想等等。

“其实王海对你是真心地好。”王丽说道。

张小军和家里电话沟通，说学费自己已经挣到，并说了经过。张天凤在电话里说：“还是好好念书。想挣钱以后毕业了再挣。现在你妹妹打工供你，家里也支持你，你就全心全意好好念书。”

“好，”张小军回答母亲，“我 8 月中旬回家，再去打一个月的字。”

张天凤没反对，双方电话就挂了。

刘玲一放假就回到了家里。师范学院因为生源范围、就业方向等所面临的基本都是以省内为主，所以竞争压力远没有全国重点综合性大学的压力大。

大一后半学期，刘玲和张小军都有了电子信箱，都学会了发电子邮件。同年，他们都有了自己的 QQ 号码，就是上网不方便，特别是回到农村。

刘玲打电话问张小军何时回家。张小军说，估计 8 月中旬，再打工一个月，主要是打字。

在县长魏新峰的前后协调支持下，1998 年开始，卤阳湖周边 20 公里的农田，主要以孝通街道为主，已经全部种上了梨树树苗。平整的土地上，树苗像军队的士兵一样，排列整齐。魏县长带着董秘书，经常下基层看。这一年，县政府新增了一辆桑塔纳。

“这车好，”董秘书说，“起码沟子不疼了。”

“不能开这车，”魏县长说，“这车底盘太低，滩地路蛇得很！还是开吉普车。”

“对。”董秘书回答。

“这得几年生长，才能挂果，”魏县长说，“希望蒲城酥梨，能和白水苹果一样，打开销路，让群众增收，也提高提高全县的经济水平。”

“对着咧！”董秘书回应说。

由于工作的勤奋和各方面成绩出色，魏县长已经经组织考察，准备提拔为渭南地区副书记了。但是，魏新峰没有过多关注自己提拔的事情，他还在想，如何把卤阳湖从滩涂变成经济发展的有利因素。

省委领导对魏新峰这样扎根一线，始终关注农业发展和工业发展的干部，是高度重视的。利用好自然资源，促进经济发展，提升整个地区的 GDP 增长水平，是一批又一批魏新峰这样的干部团结群众，利用各种资源，一步步干出来的。

“销路的问题，恐怕要提前研究了。”魏新峰看着这些树苗，对董秘书说，“董秘书，你研究下，和农业局、商务局也沟通下，适当的时候大家碰碰头开会。”

“好。”董秘书响亮地回答。

1998 年 8 月 10 日，张小军在下午三点多太阳最炎热的时候，他到家了。家里，爷爷张根海正拿着扇子躺在竹床上休息，母亲张天凤在纳鞋底。他到家和家人聊了几句，得知父亲张木胜仍和王百锁在砖窑拉砖。

“这么热的天气，四十七八岁的人了，受得了吗？”张小军问张天凤。

“那有啥办法？”张天凤回答说，“你念书还得花钱。”

到家的第二天，张小军去了一趟渭南，到二手家电市场，用他在打字店打字赚到的 600 元钱，买了一台二手彩色电视。这是这个家庭的第一台家电。算算也就是从张小军上大学开始，这个家里陆续有了电话和电视。之前只有一台收音机，是张根海的，主要用来听秦腔。

“从大学二年级开始，我能通过各种办法自己养活自己，不用家里给钱了，”张小军对母亲张天凤说，“我大马上 50 岁的人了，天天去砖窑和芒硝场当苦力，身体也不行了，就不要再让他去干这些了。”

“你回来给你大说。”张天凤对张小军说。

晚上张木胜回到家，张小军对父亲说了他的想法。张木胜说：“好。”

说归说，第二天一大早，王百锁在前门口喊：“就、就木胜哥，走！”

张木胜依旧骑上破自行车和王百锁去砖窑出砖去了。

这天早上八点多，家里电话响了，是刘玲打过来的，张天凤接的。刘玲问张小军在不在家。张天凤说在，然后喊在后院房子的张小军：“军娃，电话！”

张小军和刘玲在电话里聊了几分钟，约好下午张小军骑自行车去刘家村旁刘天臣的养鸡场那里，现在刘天臣全家就住那里。

下午张小军骑自行车去，到了门口，黄狗依然叫得很凶。刘玲到门口叫张小军进去。张小军进去和刘天臣夫妻打了招呼，就跟刘玲说："今天有风，外面不热，我们步行到北滩吧。"

刘玲说好。

养鸡场到北滩大概两三百米的距离，周围的农田，有的已经种上了梨树树苗，整整齐齐的。

"这算是一个希望，"张小军对刘玲说，"水果总比小麦和玉米的收益好。"

"不知道，"刘玲边走边说，"听村里人说，挂果还要好几年时间，这几年长树呢。"

环境有时会改变人的气质。刘玲到汉中读书这两年，整个人发育得更成熟了，呈现出20岁青春少女的韵味。她的穿着始终比较规矩，一条蓝色的长裤，一双凉鞋，一件白色的短袖。张小军则更简单，一条灰色长短裤，一双凉鞋，一件浅灰色短袖，但怎么看都不像民工了。

"小军，上大学后，你有没有松了一口气？起码跳出农门了。"刘玲问。

"没。压力非常大，"在滩地上张小军一边走，一边回答说，"为了我读书，妹妹辍学去广东打工了，一个月不断加班，也就500元钱。对十六七岁的妹妹来说，电子厂很伤眼。父亲天天还在干苦力。我虽然受到了一些教育，学了一些技能，但没有从根本上改变这个家的收入结构。"

"我相信你，"刘玲看着张小军说，"你能改变。"

"我尽力而为。"张小军说。

两人聊了各自学校的情况，以及高中同学互相联系的情况。张小军说，自己和县城的几个上了大学的高中同学还一直有联系，包括考上渭南师专的王玉花，还有西安交大的刘峰。

"党木高中都是农村娃，没有县城娃，"刘玲说，"高中毕业后，就和几个上大学的一直有联系，其他的慢慢就联系少了。"

第九章　黄河岸边

时间很快到了1999年元旦，张小军即将放寒假。放寒假前，张小军的初中同学蒋军军因为学了驾驶，开大卡车从潼关往徐州送货。这个运输项目持续的时间，正好是放寒假期间。于是蒋军军给张小军说，让张小军搭便车回家。

初中毕业后，蒋军军学习了驾驶，给别的老板开过车，也自己买车跑过。四五年折腾下来，现在又出来给其他老板开大货车，一个月工资1800元。

蒋军军是下午两点和张小军碰上面的，张小军上了大卡车坐在副驾驶位子上。这是初中毕业后他们第一次这么长时间在一起，平时一个念书，一个跑车，没时间联系。

“看来，开车也很辛苦。”张小军对蒋军军说道。

“没办法，”蒋军军说，“书念不成，就得学个技术，不然在农村过不前起。”是的，学开车、学烹饪、学挖掘机驾驶、学美容美发、学车辆维修、学无线电修理、学木匠、学泥水匠等等，这都是那个年代农村青年普遍的选择。在农村，如果不学点技术和手艺，仅仅依靠种地，生活将过得非常恓惶。

“今天晚上，我们沿连霍高速开700公里，从徐州泉山区开到渭南秦东镇。秦东镇在黄河边上，黄河对面就是山西运城的风陵渡镇。货车速度开不快，加上中间休息，估计要十个小时，就是半夜十二点前后到达。”蒋军军说道。

“风陵渡我知道，”张小军说，“是黄河渡口，山西和陕西交界，过去渡口有船。清朝时候就有官船十来只，每船十来个人，帮助来往客商渡过黄河。”

“你咋知道的？”

“高中的时候历史学过。”张小军说，“风陵渡，有古老的神话传说。渡是渡口，黄河渡口；风陵的意思，就是女娲娘娘的陵。传说女娲娘娘姓风，她的陵墓就叫风陵。神话中说女娲娘娘是伏羲的妹妹，兄妹两人都是人面蛇身，长着非常之相貌，布施大圣人的恩泽。”

“谁都没见过人面蛇身的动物，”蒋军军一边开车，一边和张小军说话，“是神话吧。”

“是神话。”张小军说。

张小军拿出了大学宿舍的录音机，播放着磁带里的皮影戏唱词：

女娲娘娘补了天，
留块石头是华山……

“神话是真的不是？”蒋军军问，“说不真，流传几千年。说真，又没谁真见过。”

“没见过的不一定不存在，”张小军说，“眼见为实是一种生活层面的常识，但看到的不一定都是真的，看不到的也不一定就不存在。好比磁场、吸铁石，磁力看不到，但确实存在。”

大概晚上八点前后，他们到了河南渑池服务区。蒋军军把货车开进服务区休息，在服务区买了两碗河南烩面。张小军要去付钱，蒋军军说：“你是学生，念书花钱哩！我来付钱，老板报销吃饭的钱，两碗面在报销范围内。”

两人坐下，面还没上来，旁边来了一辆大巴车，下来一批人。其中一个面容清秀、个头不高、戴着眼镜，看上去斯文的青年坐在了旁边桌子上。这个青年穿浅白色裤子，黑皮鞋，浅色羽绒服上衣，头发乌黑，修剪整齐。

“建设哥！”张小军对着这青年喊道。

“小军，你怎么在这儿？”那青年惊喜地说道。

“我搭乘初中同学的货车体验生活哩，”张小军指着身边的蒋军军对这青年说，“这是我同学蒋军军。”然后张小军又指着这青年对蒋军军说：“这是陈建设，在矿大读研究生，快毕业了，准备到加拿大去，是咱陈庄内府人，家住卤阳湖边上。”

不一会儿，一个50岁左右农民模样的人坐在陈建设旁边。陈建设说，这是他的父亲陈友胜。陈友胜和蒋军军、张小军打了招呼，吃了一桶方便面，就到门口抽烟去了。

“建设哥，您要出国的话，您女朋友怎么办？”张小军问道。

陈建设的女朋友，是徐州电视台的主播南丽丽。两人谈了一年多了，之前老乡会的时候，陈小军听陈建设提起过。

“分了。”陈建设淡淡地说。

“好好的，有啥事还能分手？”

“一言难尽。”陈建设说道。

原来，这次陈建设的父亲陈友胜去徐州，就是代表男方家长，双方家长见面的。陈友胜是个地地道道陕西农村的农民，虽然换了干净的衣服，但气质难以掩饰。南丽丽第一眼看到陈友胜的时候，不敢相信陈建设这样看上去文质彬彬、清秀无比的帅哥，竟然出自这样的家庭，父亲竟然如此老土，这让从小就生活在城市的南丽丽本能地感到不悦。南丽丽的父母亲，都是市机关单位的干部。双方家长见面后，南丽丽的父母看到陈友胜这样的情况，也很不愿意，因此在吃饭、说话等各个方面，都表现出盛气凌人的气息。陈建设不是傻子，感受到这个情况后，就主动和南丽丽说分手，但说得很客气。

“丽丽，我要去加拿大了，我们可能得分开了。”陈建设客气地用标准普通话说。陈建设说的普通话非常标准，是听不出陕西普通话的音符的。

“管！”南丽丽没有使用播音时的普通话，用的是徐州话。“管”在徐州话中就是“可以”的意思。“俺爸妈也不同意，见了你爸，怕我跟着你吃苦。俺妈说了，你这样的出身，她们单位同事的女儿也找了一个，嫁人的时候嫁一个，进城的时候进一窝，七大姑八大姨都来。”

“我就是凤凰男，”陈建设微笑着说，“走出农村不容易，要进城和城里姑娘结婚，后续是有你说的这些现实问题。所以，我们要分开。感谢这一年多的相处。”

“建设哥，”张小军说，“要这么说，农村考大学出去的，只要找了城市出身的，不都是凤凰男了吗？”

“不讨论这个，”陈建设说，“好好读书，成为国家有用的人才，才是关键。”

后来陈建设很快就去加拿大了。之后的近20年，张小军和他失去了联系。或者陈建设已经成为某领域的专家，但年轻时候的这个经历，张小军相信，陈建设一生也不会忘记。

大概休息半小时后，蒋军军和张小军继续赶路。路上张小军继续播放磁带，是秦腔的分支，叫华阴老腔。其中的一段叫《秦琼打粮》：

一颗明珠卧沧海
浮云遮盖栋梁才
灵芝草反被蒿蓬盖
聚宝盆千年土内埋
……
怀中抱定山河树
走遍天下无处栽
清早打粮仓未开
赤手空拳转回来

……

武吉曾经把柴卖

姜太公曾坐钓鱼台

张飞也曾把肉卖

刘备早年卖草鞋

此古人都有兴和败

何况秦琼运不来

……

那国烟臣犯地界

劈愣双锏把马排

上阵杀得人几个

唐主爷圣旨降下来

大小封个乌纱戴

方显秦琼有奇才

……

当晚接近半夜12点，两人到了秦东镇，这已经是渭南的地界，货车卸货，两人就在这里的司机宿舍睡下。次日早上八点多，两人起床，蒋军军把货车开到了渭南市区货车老板的停车场。货车老板魏胜利听说张小军是大学生，学法律的，就请蒋军军、张小军去吃水盆羊肉。

“小军，是这，哥有事想问你哩，听军军说你是学法律的？”魏胜利边掰馍边说。

“您问。”张小军一边掰馍一边说道。

“羊肉馆子人多，”魏胜利说，“吃完羊肉泡馍，我们三个到我办公室去说。”

吃完羊肉泡馍，三人到了魏胜利的办公室。这是一个货运站，一楼大院全是车，魏胜利在角落的一个二层楼租赁了办公室。一个四五线城市的跑货车司机出身的老板，弄了两间房子，类似县城总统套间，还是有些模样的。一张长沙发，两张单人沙发，一个茶几，都是配套的。当然，看材料，不是真皮，应当是 PV 材料的。玻璃茶几上放着茉莉花茶，还有一盒金丝猴香烟、三个热水瓶。蜂窝煤炉子就在进门的地方，烟筒拼接伸向窗外。

“是这,”魏胜利说,“军军给我开车快三年了,不是外人,哥碰上个事，派出所都去了两回了，想问问你这事严重不严重。”

“您说。”张小军端起茉莉花茶的瓷杯暖手。

“情况是这样的。哥今年 32 岁，属羊的，前年离婚，就一个女儿魏艳丽，9 岁，判给了前妻屈腊梅，每月哥要支付 200 元钱的抚养费，直到娃成年。去年到今年,不断有人给哥介绍对象。你知道,哥有几辆货车，问媳妇肯定不成问题，说了不少，哥都不怎么能看上。三个月前，华阴市焦镇演家村我六姑给我介绍了一个对象，对方是我六姑村里的，叫丁招娣，25 岁，比哥小 7 岁，属虎，离婚刚半年，没娃。娘家是蒲城椿林镇的，在河南灵宝食堂里打工，当服务员，端菜端饭的。人本分，我六姑就说给我介绍见面。我先看了照片，挺高，身材也好，长相也好，我还是比较中意的。一想，不对，这样好的女人，为什么离婚呢？我就问我六姑。我六姑说，她男人不好好过，整天不出去挣钱，也没本事，还不肯下苦。丁招娣接受不了，两人结婚不到一年就离婚了，娃都没有。我一听，说可以见面。两个月前约好了时间见面，丁招娣从河南灵宝汽车站坐车到渭南汽车站，我去汽车站接她。说好的下午四点多到，河南灵宝到陕西渭南，150 公里路，她说下午一点从灵宝汽车站坐车出发的。我四点就到渭南汽车站了,等到九点还没见人。这时看到传呼机有人呼，我回过去，丁招娣说她坐的那辆长途汽车还没出灵宝就抛锚了，才维修好，准备出发，估计到渭南汽车站差不多夜晚十二点多了。我说好的，我就先回这了,就是我们说话的地方。我这开车到渭南汽车站 20 多分钟。哥搞货运的，除了三辆大货车，还有一辆白色桑塔纳，主要是联系业务用，二手车，也是哥自己买的。到了十二点，哥再次开桑塔纳到渭南汽车站，差不多十二点五十。丁招娣坐的班车到了，她下了班车，我去接她，第一眼看去，就感觉行。这时夜深了，饭店都关门了，我就对丁招娣说，是这，先到我办公室，吃点东西，然后再到附近的宾馆住下。丁招娣说行。我们就到了我办公室，就我们说话的这个地方。炉子上有热饭热菜，丁招娣只喝了半碗八宝粥。看时间一点多快两点了，我说，我送她去最近的宾馆。丁招娣说，都快两点了，去住三四个小时，花冤枉钱不值得。她说她睡外面这间的沙发上，我到套间里的床上去睡。我说行。我每天睡觉都有洗脚的习惯，我洗了脚，留了热水，给丁招娣。她也洗了脚。然后，我就睡了。刚睡下不久，她就从外面沙发上起来，走到内间，钻到我被窝里来了。她说一个人在沙发上冷着哩。就这个过程。"魏胜利说完，喝了一口茶。

"完了？"张小军问。

"完了。"魏胜利回答。

"然后呢？"张小军继续问。

"然后丁招娣就把我告了，要一万元，说不给就告强奸，我没给，她就去派出所了。"魏胜利回答道。

"您接丁招娣那天，是几月几日？"

"1998 年 11 月 13 日，星期五。"

"她要一万元是几月几日？"

"1998 年 12 月 11 号，还是星期五。"

"为什么当时她不告你，不问你要钱？"张小军接着问。

"当时双方都以为合适，都奔着结婚去的，都离过婚，因此没多想。"魏胜利回答。

"后面具体怎么演变的，细节说清楚些。"张小军喝了一口茶。

"行，哥就继续说细节，"魏胜利说着又点了一根金丝猴香烟，"第二天一早，哥就带丁招娣去吃了水盆羊肉，就是今天我们吃的这家，澄县人开的，味道正。然后上午去了渭南四马路逛了逛，去了服装批发市场，给丁招娣买了一件羽绒服，花了 100 多元，差不多十点多送她到渭南汽车站，她就回灵宝继续打工去了。下午哥就开桑塔纳去了一趟蔺店，就是哥的老家，渭清路和双关路丁字口向西，让村里魏瞎子给哥算八字。魏瞎子说，两人八字不合，虎克羊，虎吃羊，这事要早点了断，不可拖延。想到这儿，哥就下决心等第二次丁招娣过来见面的时候给人家说清楚，就结束。哥就把这想法跟魏瞎子说了。魏瞎子说，不能再见面了。哥就想给我六姑说，看不上，算了。第二天哥打电话到我六姑所在村的村主任家，让我六姑接电话。还没有等哥开口，我六姑就说了，说丁招娣也打过电话了，问啥时候跟丁招娣到她的娘家正式去说，定下个日子，就办酒席。哥就跟我六姑说，没看上。我六姑还一愣，说丁招娣说双方都看上了。第三天丁招娣打哥传呼机，哥回过去，丁招娣说这个周五还回渭南。哥就对丁招娣说，不用再见面了，不合适。丁招娣说还得见，有些话还想当面问一问。哥一想，没办法么，就答应了她。第二次见面班车准时到达。下午四点多哥就在渭南汽车站接到了丁招娣。到了哥办公室坐下，倒好水，丁招娣就问哥，能看上她么。哥就说，能，但不合适。丁招娣就问为什么不合适。哥没说魏瞎子算卦的事，哥只说，丁招娣还年轻，能找到更好的。丁招娣说，那就是看不上呗。哥没办法，就说，就算是看不上吧。丁招娣就问，看不上，为什么当天晚上不把她从被窝里撵出去？哥就说不上话来。就这。”魏胜利喝了口茶。

“那第二次见面后，丁招娣啥时回的灵宝？”张小军问。

“还是次日上午，还是十点多那趟班车，”魏胜利回答着，抽了一口烟，“次日上午哥买了一个包给丁招娣，又给了她 300 元钱，作为她来回坐长途汽车的费用。”

“第二次见面谈话后，当晚丁招娣住在哪里？”

“和第一次一样，住在哥这儿。”

“还是半夜钻到你被窝？”

“没，这次直接两人就睡在一起了。”

“两次同床，你和丁招娣有没有发生男女关系？”

“有。”

“几次？”

“七次。”

“具体点？”

“第一回见面，三次，第二回见面，四次。”

“你既然不打算和对方结婚，并且第二次你已经明确告知对方不合适了，为什么还继续和她发生关系呢？”

“憋不住么。”魏胜利无辜地说道。

“继续说。”张小军喝了一口茶。

“我是这样想的，”魏胜利说，“我给人 300 元，还花 100 元多买了羽绒服，100 元多买了皮包，都 600 元钱了。我还是不想亏待人家，主要是八字不合么。”

“继续。”张小军说道。

“后来通过几次电话后，丁招娣就逼迫我结婚，不然让我赔一万元。我不赔，她就到派出所报案，说我强奸。派出所把我都叫去两次了。我就想问的是，你是学法律的，我这算强奸吗？”

“不算，”张小军说，“你这让你六姑在村里怎么活人？脸往哪里搁？”

“是我不对，”魏胜利说，“丁招娣娘家四个哥哥从椿林镇开两个摩托车到华阴，到村里坐在我姑家不走，说他妹妹就是要求结婚，弄得全村都知道，很丢人。我六姑都快 65 岁的人了，脸没地方搁。”

“既然不合适，起码就不应第二次见面晚上再睡人家。”张小军说道。

“哥都离婚几年了，丁招娣长得也好，哥憋不住么，没办法么。”魏胜利说道。

“两次晚上，总共发生了七次关系，丁招娣有没有反抗？”张小军问。

“没有，配合得好着哩，”魏胜利说，“我到派出所也是如实说的。”

“丁招娣在派出所怎么说的？”张小军问。

“和我说的一样，派出所的民警说我们对事实描述一致。”魏胜利回答。

“如果这样，就不是违背妇女意志，不构成强奸罪。”张小军对魏胜利说。

“那就说，”魏胜利说，“一万元我也不想赔，我感觉 600 元钱我已经给了，差不多了。”

“一万元的事情，是另一个法律问题，”张小军说，“两码事。”

每个人的命运，从历史视野看的话，似乎都有宿命。比如丁招娣，先是嫁了一个没用的丈夫，离婚，外出打工，然后又因为魏瞎子算八字，再一次遭遇走向婚姻之路的挫折。后来丁招娣在打工中认识了灵宝当地一个黑车司机吴三。吴三吸毒，丁招娣也沾上了毒，吸毒之后，就开始坐台，再后来就和吴三一起贩毒吸毒、盗窃。从贩毒被抓到判死刑，总共两年多时间，丁招娣活在这个世上，才29年，到死都没有迈过30岁的坎儿。从这个结局说，魏瞎子或是算对了。据说一起和丁招娣枪毙的黑车司机吴三，也属羊，和魏胜利同岁。我们来假设一下，如果没有魏瞎子这一卦,丁招娣和魏胜利结婚了,魏胜利起码走正道,经济也算富足。丁招娣和魏胜利过，不接触毒品，或是另一种人生。在这件事情的起承转合中，魏瞎子起的是什么作用呢？多年后张小军经过蔺店，想去见见魏瞎子。村里人说，他都死了多年了，坟头的蒿蒿和野草比人都高。魏瞎子的儿子过得落魄，也没有给魏瞎子立碑。寒冬的夕阳照在渭北高原这一马平川的耕地里，照在这集体所有制的公坟地，北风刺骨的冷，吹得人鼻子和耳朵都干痛。长眠在地下桐木棺材里的魏瞎子，可能早就变成了一堆白骨。村里人说，魏瞎子死的时候，他的儿子生活落魄，只能到最近的党木镇街道上去买最便宜的桐木棺材给他下葬。张小军本来想见见魏瞎子的儿子，村里人说，不在家，钻工去了。“钻工”在关中方言中，就是外出打工、打零工的意思。

也有人说，丁招娣除了贩毒吸毒，盗窃，还和吴三一起干过抢劫，杀过人,曾经杀人分尸,但是仅仅大量贩毒就足以被枪毙,抢劫杀人的事，警方抓住审问的时候，丁招娣和吴三至死都没有交代。也有人说，丁招娣临死前曾经向警方透露，她是被吴三骗的，吴三下了迷药先强奸了她，然后给她吸毒，她无路可走，只能跟吴三一起犯罪。说法很多。

和魏胜利谈完，下午两点，三人一起在魏胜利办公室斜对面的饭店吃了水饺，点了些凉菜。魏胜利和张小军开了一瓶西凤酒。蒋军军因为饭后还要开车，就没喝白酒，喝的花生牛奶。

下午两点半左右，蒋军军开着已经装好货物的大货车，和张小军一起从渭南出发，开往秦东镇。这批货物是从渭南捎到秦东镇的面粉，很快就到了。下午四点半左右，蒋军军跟张小军说：“我们去黄河边转转。”

张小军说：“好。随便走走。”

两人步行了大概十来分钟，就走到黄河边上了，这里还有老潼关城的城墙遗址。再往东走了十来分钟，就走到了风陵渡大桥。蒋军军说：

“这儿向东就是河南地盘，向北就是山西运城，风陵渡镇是运城市管辖，我们步行过黄河大桥也就是几分钟。要不要走走？”

“走。”张小军回应道。

两人走到风陵渡黄河大桥桥头，看到“四镇咽喉”的文字。走了一会儿，大概一二十分钟的样子，过了黄河，就到了山西。刚过桥十来米，右边就有一个小吃店，写着“饼夹肉”。

“好锤子哩！山西人就是和陕西人不一样么。我们叫肉夹馍，山西人叫饼夹肉。”蒋军军感叹地说道。

“我也是第一次看见，”张小军说，“在陕西境内，看到的都是肉夹馍。”

“不过仔细想想，还是山西人的叫法比较实在，”蒋军军说，“明明就是馍夹肉，为什么在陕西要叫肉夹馍？”

“我们从小就是这样叫的，没仔细想过为什么。”张小军说道。

两人转了一圈，回到秦东镇五点多了，天还没黑，两人就从秦东镇老潼关城墙遗址的地方，步行下去走到了黄河边。

黄河的对面就是山西，就是风陵渡镇。黄河水在冬季水量不大，但仍是茫茫的黄沙色。两人站立的地方，距离河水只有几米远。河边的黄沙积累成淤泥，干裂成裂缝。河边的蒿草已经干黄，在寒风中摇曳着。宽阔的河面河水奔腾着，这就是母亲河——黄河。

“黄河水好像有漩涡，”蒋军军说，“中间的主流是向东流的，两边靠近河岸的水，好像是向反方向旋转着。”

“这也是我第一次站在黄河边，近距离地接触母亲河，”张小军对蒋军军说，“小的时候，我们骑自行车去卤阳湖滩边，去渭河大桥，不过渭河经常没水，特别是冬季。夏季又容易发大水，大水经常把华县华阴市的一些村庄淹没。我们渭北高原，特别是关中平原，属于干旱缺水的地带，要是这些水能充分利用到灌溉农业上，就非常好了。”

“有些得看命，半点不由人。”蒋军军自言自语道。

有时候想想也是。多年后张小军经常去新疆出差，从克拉玛依到库尔勒，从乌鲁木齐到哈密，走遍了南疆和北疆。去库尔勒的时候，张小军曾经在孔雀河边凝视很久。孔雀河从博斯腾湖发源，流经近 800 公里，但最终，还是在差几十公里到罗布泊的时候，蒸发干掉了，最终没有流入罗布泊。这就是老百姓经常说的，差半口气。

“现在你问媳妇的进度怎样了？”张小军站在奔腾的黄河边，问蒋军军。

“差不多，”蒋军军说，“说的是咱村的王丽。王丽她妈和我婶婶还对向着哩。”这里的“我婶婶”，关中方言，说的就是谈话对象张小军的母亲。这话意思就是说，蒋军军未来的丈母娘，和张小军的母亲是好朋友或好闺蜜。

“你满意么？”张小军问道。

“王丽没念什么书，小学没毕业，没啥文化，”蒋军军说道，“不过凡事都要看个合适，农村问媳妇，不能全看自己满意不满意，要根据自身条件来看。我学的驾驶也是一门技术，养活家要比没手艺的强些，问媳妇就是过日子，差不多就行，只要对老人孝敬，对孩子负责，对自己说得过去，就可以了。”

“计划啥时候结婚？”张小军问。

“看明年吧，得准备准备，房子得装修下，各种事情要有个预备。”蒋军军一边说着，一边看着母亲河奔腾不息地流向远方。

“你斜对门的魏文军，问的啥地方媳妇呢？”蒋军军问张小军。魏文军和张小军也从小要好，魏文军初中毕业后就没上学，学了泥水匠，到处打工。每年过年，几个儿时的朋友还是会碰碰面。

“说是问的郭家村的媳妇，估计也明年结婚，”张小军对蒋军军说，“文军这两年在新疆建筑工地干活，泥水匠就是到处跟着工地跑，说是在新疆鄯善地区。今年还没见面，等这几天回去了，应当能碰见，毕竟快过年了，各地工地都差不多该停工放假了。”

“文军是弟兄三个？”蒋军军说道，“他大（父亲）三个儿子，可以当队长了。”

“不一定，”张小军说，“他大爱看《三国》和《隋唐演义》，不爱当村干部，我去他家，经常和他大谝闲传。”

“刘玲现在在汉中上大学，你们关系怎么样？”蒋军军问，“之前她大刘天臣是芒硝厂厂长，还有养鸡场，有钱，看不起你家，现在你们都上大学了，应该不干涉了吧？”

“顺其自然，”张小军回答蒋军军，“一直联系着。刘玲是个好姑娘，和她大不一样。”

“我叔没手艺，下了一辈子苦，过得不如人，这也不能怪刘厂长看不起人，”蒋军军说，“历朝历代，都是狗咬穷苦汉，酒敬有钱人。要不是都考上大学，你们在农村肯定成不了。”

“对着哩，”张小军说道，“你说的，是这个理。我们初中的时候，樊家村的张梅花和孝西的陈永刚相好，现在不是成了吗？”

“那不一样，”蒋军军说，“张梅花初中毕业就在家，也没出去过。陈永刚党木高中毕业后没考上大学，拿钱买的民办大学，念了半个学期就不念了，回到农村，还是个农民。陈永刚和张梅花两家的家境都差不多，不好不坏，两个人都是农民，当然能成。”

“陈永刚其实努力努力，完全可以考上渭南师专。”张小军说。

“考上了那就不一样了，”蒋军军说，“考上了毕业后哪怕回来在党木高中教书，那也是大学生，也是公办教师，那是铁饭碗，张梅花初中毕业一个农民，肯定成不了。陈永刚起码也得找一个公办教师结婚。”

“照你这么说，两个相好的人，最终都跨越不了时代和社会的框架，跨越不了阶层的框架吗？”张小军问蒋军军。

“这是现实，不是我说的，”蒋军军说，“或者这就叫门当户对。”

“但我们在服务区碰到的陈建设，刚和电视台主持分手的，难道一个全日制的重点大学的研究生，配不上一个大专学历的主持人吗？”张小军看着黄河水，对蒋军军说道。

“这方面我不懂，”蒋军军说，“但是陈建设要是在初中有个女同学相好，初中毕业不念书，当了农民，而陈建设研究生毕业，肯定不会和这个女农民结婚，这个能肯定。两个人没有共同语言，生活习惯、眼界、视野等等，都会有新的冲突。”

“有个作家叫路遥，你知道的，”张小军说，“他的作品中，男女主人公，永远是最后一个上了大学，一个没有，永远是两个阶层的差异，导致的冲突。”

“樊家村的张倩，你知道不？”蒋军军问张小军。

“不知道。”张小军回答。

“是我们一届的，我们班的，我是班长，我知道张倩暗恋你。”蒋军军对张小军说道。

“我不知道么，”张小军说，“今天是第一次听说。我都对不上号。”

“就是个子高，身材好，经常有许多男生追求的那个女生，她爸是渭南铁路单位的正式工，给领导开车的。许多男生为了追求张倩，先是偷着拔了张倩自行车的气门芯，然后假装帮助张倩，把自行车扛到校门口修车的地方去。”

“我真的没任何印象。”张小军说。

“对着哩，”蒋军军说，“你读书认真，不管这些事。初中还没毕业的时候，大家一起听说刘玲的父亲不准刘玲和你来往，张倩就很不服气地在女生宿舍说，一个有钱的农民有什么了不起！张倩初中的时候就和几个闺蜜说，说你一定是要飞出农村、飞到外面的。张倩还说她自己的脑子自己知道，上不了大学，不然她会勇敢地找你，去和刘玲竞争。”

“真不知道还有这事，”张小军回答蒋军军，“对张倩确实没印象，她现在干啥呢？”

“接班了，”蒋军军说，“应当是一名正式的铁路工人了，她大给领导开车么，现在她被安排在列车上当列车员。初中毕业后买了个职高，混了两年，听说现在函授大专哩。”

“那是一个不错的工作，”张小军说，“算是铁饭碗了。你和张倩一直联系？”

“对，”蒋军军说，“一直联系着呢，她经常问你的消息，但不让我跟你说。她觉得你一个大学生，又是国家重点大学，毕业后起码是国家干部，像你们起步应当都是股级，还是有差别呢。她也没想打搅你，她说，就这么远远地看着你，就很好。追她的人多着哩，关键是她长得好，有身材，有身高，有脸蛋，有气质，而且，她大还有关系。”

“其实和张倩这个，怎么说都成不了，”张小军对蒋军军说，“如果我当一个农民，张倩接班成了铁路正式工，肯定和我成不了。如果我走出了农村，读了大学，也成不了，她只是一个铁路工人。是不是这个理？”

“对着哩，是这个理，”蒋军军说，“所以张倩不让你知道，就这么远远看着。”

两人在黄河边又聊了会儿，直到天彻底黑下来，才步行到秦东镇蒋军军的宿舍去。

第十章　卤阳湖畔

1999年元月，经省委组织部考察，渭南市人大常委会任命，魏新峰担任渭南市主管经济的副市长，是市政府领导班子的主要成员，也是市委常委会的常委，同时不再担任蒲城县县长职务。这是一个务实的干部，脑子想的不是当多大官，想得更多的是能为群众做些什么，能为经济发展做什么。

经过在韩城、白水、蒲城、澄县、大荔等地的调研，以及和商务局相关负责同志的调研，魏副市长主持召开了一个调研会，各县主要领导、市县商务局领导及企业家代表都参加了会议。

作为副市长的魏新峰开门见山地说："今天这个会，主要是针对各县主要经济作物产品的生产、销售情况，进行沟通。下面请各县先报告……"会议从早上九点一直开到下午三点，各县的报告、企业家代表的发言都结束了，魏新峰开始发言："大家的发言都很好，有数据，有事实，我深受启发。我自己也到各县走了一圈，也有一些实地的感受。有些感受让我很痛心，甚至很震撼。这是内部关门的会议，我说了，大家对外就不要宣传了，关键是看怎样去解决。"

说完了开场白，魏新峰继续发言：“先从韩城说起。韩城是司马迁的故乡，有铁路，有公路，经济作物有辣椒和花椒。我说说我和当地商务局马永胜同志的调研情况。前些年，韩城种植辣椒，干辣椒能卖 2 元多钱一斤，内销很好，外销也有市场，外商开的价格能达到 3 元钱出头一斤，开局是很好的。但是我们的农民群众中，有不少群众动歪脑筋，为了多挣钱，丧失了诚信，给已经晒干的干辣椒浇上开水，然后再晾干卖，这样重量是多了，能多卖一些钱，但这些辣椒还没有装船，就已经烂掉了，外商被欺骗，结果第二年就不来收了。而我们的农民因为第一年挣了钱，第二年就大面积种植。结果呢，两三角钱一斤都卖不出去。这种不诚信的表现，是一只老鼠害一锅汤，只要有 5% 的农户这样耍小聪明，丧失诚信，整个地方都会丧失诚信，最终难以富裕起来。两三角钱一斤了，不敢给干辣椒浇白开水了，这些辣椒被河南许昌西峡县、湖北随州等地的农民收走，转手 3 元钱一斤卖给外商。人家挣的中间差价为什么这么大？因为人家对外商讲诚信。我在省里开会，也注意到，我们商洛地区的蘑菇、核桃等，都要被拉到河南西峡县卖给当地农民，然后由当地人再出口外销。这样我们不但不能直接外销，而且也把国家支持出口退税的退税优惠部分都让给了别人。这必须要引起我们的注意。”

魏新峰喝了口水，继续发言：“再说大荔县。大荔县的西瓜之前卖得是不错的，价格也好。也是后来部分群众不讲信用，不讲质量，西瓜不分大小一律给客商装车，结果两三年后，西瓜烂地里了。而且种植的人更多，西瓜一两分钱一斤也卖不了，没人要了，信用丢失了。这个问题是非常重要的。另外还有一个，就是出口退税的核算问题。大家知道，农业产品的收购，农民不会开出发票，这样对农业贸易公司来说，就没有进项，只有销项，到时增值税、所得税，以及出口的退税，怎么核算，这需要和税务部门商量，同时出口数量需要和海关进行数据核对。同志们，我们要做的事情很多，除了引导群众讲究诚信，还要协调各相关部门，提升地区的 GDP，提高 500 多万群众的真实生活水平。”

“刁蒲城，野渭南，不讲理的大荔县。”这是当地的顺口溜。说到底，还是经济落后。一个“穷”字，概括了所有的特性。一旦经济富足，一个地区的人的总体面貌就会改观。在缺乏水资源、缺乏工业人口聚集、缺乏资本形成的基础条件下，人们的诚信不能失去，否则不讲诚信的小聪明，可能会耽误大事，可能会自断后路，自断未来的发展。

魏新峰在最后发言中表达了对蒲城县的发展期望："最后说说蒲城县。我本人在蒲城县当了八年县长，和全县 70 万人民一起奋斗过。蒲城那里有个卤阳湖，现在是盐碱地，荒地，我已经建议群众种植耐碱性的桑树和梨树，重点是梨树，挂了果还能卖钱。同时对芒硝的滩涂地，也要进行一些开发，变废为宝。我希望蒲城县的同志们，再接再厉。今天在座的蒲城县董副县长和我共事过六年，以前做过我的秘书，我的工作思路，他都了解，我希望大家一起努力，提高父老乡亲的经济生活水平。"

"我表个态，"董副县长说，"我们一定继续把魏副市长的发展政策执行下去。县里商务局已经多次派人到安徽砀山学习，几年后，我们蒲城的酥梨就可以名扬天下了。"

"路还长着哩，"魏新峰说道，"从安徽砀山引进梨树，有许多细节要抓紧到位。当地种植梨树的物理空间是行宽 3 米，株距 4 米，算算每亩 667 平方米总共种多少棵树，每棵树能结出多少斤梨子，核算成本，同时一定要打开销售渠道。"

"没问题。"董副县长回答道。

"是这，"魏副市长说，"接下来我们可能要办这几件事，一是蒲城县安排几位同志，下周我带你们去杨凌认识一下西北农大的教授和专家，种植梨树需要这些农业专家的指导，你们要建立起长效联系机制；二是大荔县和澄县安排几位同志，到西安东郊长乐坡一带中药批发市场去考察考察，重点看看什么中药材适合我们渭南地区种植，效益如何，最好带一些农民代表跟着去，条件许可的话，再到安徽亳州和河南禹州的药材市场去看看，有必要的话可以开车去，看看白术、决明子这些药材，销路如何，价格如何，听说平顶山市下面的郏县等地的农民已经规模化种植，效益还是不错的；三是看看工业方面有没有机会；四是我要去一趟省里，要和税务部门还有海关部门的同志沟通下，重点是农产品出口退税的核定和推算；五是扶贫和贫困户脱贫问题，这个我和市里领导班子碰碰。”

主要会议结束后，渭南市区当地的企业家代表，安排与会同志参观了企业，进行了招待。魏新峰利用这个机会，认识了一些企业家。魏新峰明白，必须和企业家交朋友，听取他们对政府各部门服务的意见，才可能快速改进工作模式。魏新峰深知，必须拉近和企业家的距离，最好的方法不是腐败，而是服务，是符合法律规范的高效服务。

会后，董副县长单独到魏新峰办公室汇报后续发展的情况。董副县长说：“领导，卤阳湖如何变废为宝，您再给些指示。周边盐碱地种植梨树，已经执行，几年后就会挂果，农民就有收益。后续的我们会跟进服务。卤阳湖和卤泊滩本身应当怎么变废为宝，您再给些指示。”

“你看发展旅游能行吗？”魏新峰问董副县长。

“我还不了解呢，”董副县长回答道，“我回去和县里同志们商量下，及时给您汇报。”

“好。”魏新峰说道。

此时，卤阳湖西段卤泊滩的芒硝继续生产。刘天臣继续进行芒硝生产，继续养鸡。王百锁和张木胜继续冬天出芒硝，夏天出砖。1999 年的元月，渭北高原特别寒冷，王百锁和张木胜各自骑着破自行车，依旧从孝通街出发，骑到 4 公里之外的芒硝厂。一路寒风刺骨。王百锁一边骑自行车，口里冒着白色的气，一边说：“就、就、就木胜哥，今、今年冷，冷、冷得很！”

“得、得是冷，冷得很！”张木胜回答。

“就、就、就娃今年大、大、大几了？”王百锁问。

“大二。”张木胜回答，“还得两、两年。”

两人到了芒硝厂，开始干活。差不多十点多的时候，刘厂长照例巡逻。刘厂长仍是穿黄色军大衣，皮裤子，戴着雷锋帽、大墨镜，脚上穿大头军用黄牛皮鞋。看着王百锁和张木胜干活，他也不说话。

张天凤在这个冬天，开始养鸡，养了几百只鸡，也离不了人。这是农民家庭作为生产单位，最基本可行的结构化分工。主要经济收入的模式，就是卖鸡蛋。鸡蛋的需求，是刚需，城里人总是要吃鸡蛋的。在过去经济不发达的年代，鸡蛋和油条，都算半个荤菜。

而这一年，张小军的爷爷张根海已经80岁了。好就好在他头脑清醒，能生活自理。冬天天气好的时候，几个老人一起坐在魏文军家隔壁的门口晒太阳。

张小军寒假回家，就和爷爷睡在一个炕上。晚上，爷儿孙两个也交流聊天。

张根海对张小军说："你放假回来了好。爷想你哩。"

张小军说："明天天气好了，我给你洗脚，修剪脚趾甲。"

天气好的时候，爷儿孙两个也下象棋。到下午两三点，张小军就弄热水，给爷爷洗脚，修剪脚趾甲。

张小军回到老家的第三天，魏文军从新疆打工也回来了。两人晚上坐在一起谝闲传。魏文军说，他订婚了，计划过一年结婚，媳妇是郭家村的。他又说，新疆鄯善有维吾尔族，维吾尔族的表演，一个老头一个姑娘，一个拉乐器一个唱，半小时只要十元钱。

张小军也说了自己大学两年的概况。相同的出身，相同的童年，相同的成长，使得这两个青年身上有许多共性，那就是质朴、诚恳、务实。同时，因为成长的经历不同、受教育的程度不同，他们的知识结构也有区别的地方，包括对问题看法的视角、维度等等。

晚上，两个人聊到了孝西村的陈永刚，说他在民办大学读了半学期，就不念了，回到村里，和樊家村的张梅花订婚结婚的事。两人的观点竟然出奇的一致。

张小军说："这不是诚信。为了陈永刚上这个民办大学，他家里卖了一头牛和两千斤小麦。读半学期了就不念了，学费不退，很是可惜。"

"对着哩，这怂胡弄哩，"魏文军说，"农民挣钱多不容易，不应当这样。要不就好好念书，要不就不要去。弄的这叫啥。"

这一年寒假的另外一个变化，就是张小军的初中同班同学蒋国庆到广东打工，被骗到传销组织里去，把家里的钱骗光了，才被传销组织放了出来。从那之后，蒋国庆就失踪了，多少年了都没消息。魏文军说，估计是在外面被人杀了，在外还是要走正道。

“我记得蒋国庆口才很好，能说得很。”张小军对魏文军说。

“是能说，这不假。”魏文军端起茶杯喝了一口水，说道，“淹死会水的，打死顶嘴的。可能就是能说，加上一直想挣快钱，所以着了道，也不是个好下场，活不见人死不见尸的。”

“天上不能掉馅饼，”张小军说，“我们这些农村娃，没资源没背景。没念成书的，就踏实靠力气挣钱，不管是泥水匠还是木匠，不管是学烹饪还是学驾驶。念成书的，就靠知识挣钱，但要走正道，不能走歪门邪道。一旦走了歪门邪道，就难以回头。”

外面的社会太复杂。1992 年全面加快改革开放以来，人们纷纷下海经商。以经济建设为中心成为全国大部分人的正当目标。这种冲突是泥沙俱下、鱼龙混杂的。在享受经济高速发展和人口红利的同时，西方世界的享乐主义、纸醉金迷、金钱至上，以及资本唯利是图的贪婪等缺点也随着发展一并涌入。人们在开放的冲击下，呈现出不同的价值选择。歌舞厅、各种娱乐会所等蜂拥而出，对治安管理、思想管理、伦理管理等带来了巨大的挑战。而文明社会和法治社会，也正是在这样的辩证式和螺旋式的运动中，不断发展着。

卷 三

湖边道路实拍

（拍摄地点：卤阳湖 拍摄时间：2019年11月）

第十一章　未来在哪里

时间很快进入了新世纪。21 世纪是一个新的起点，是全人类的新起点。进入 21 世纪后，随着中国经济改革 20 多年的发展，经济成就举世瞩目，全球市场开始重视中国。进入 21 世纪开始，中国已经着手准备加入 WTO（世界贸易组织），在国际贸易交流中进一步发展国力，提高人民群众的生活水平。这件事很快在 2001 年年底就实现了。2001 年 11 月 10 日，世贸组织同意中国加入。一个不争的事实是，十一届三中全会以来的经济改革是公认的、成功的，甚至可以叫作中国奇迹。

同样在 21 世纪的起点，张小军和刘玲都进入了大学三年级。从大三下学期开始，根据教学计划的安排，学生们都进入了见习和实习阶段，为大四毕业打基础。也有一部分学生专注考研，提升学历，但见习和实习还是少不了。刘玲进了汉中某县城中学实习教书，张小军则进行了法律工作的见习。2000 年夏天，根据学校的见习和实习安排，张小军进入徐州铁路公安处进行暑假实习。带教张小军的，是公安处处长李大民。李大民是老公安，刑警出身，工作认真。

张小军于 2000 年 6 月 26 日到铁路公安处报到实习，那是一个星期一，天气已经开始热了起来。早上八点多，太阳高照，张小军去报到，民警张四亮直接把张小军带到处长李大民的办公室。李大民起身，伸手和张小军握手，说："欢迎矿大法学系的学生小张来实习，就跟着我干。"

张小军说："李处长好。"他一边说着，一边打量着李大民。李大民看上去40来岁，身材高大，张小军身高一米七三，李大民身高至少在一米八五。李大民不但高大，而且魁梧，整个人看上去，特别是老公安的气质让人肃然起敬。可能是长期干刑警的缘故，李大民习惯穿便装，倒是参加工作一两年的内勤警察张四亮，身穿警服。

"小彭。"李大民大声向对面的办公室喊道。

"来了，李处。"随着声音，一个30多岁的穿警服的男子快步走到李大民办公室。

"这是矿大法学院的学生小张，来我们公安处实习，你给安排在值班室，值班室有张空的办公桌。不出外勤就让小张装订卷宗，出外勤我带着。"李大民交代着，然后转头对张小军说，"这是我们办公室彭副主任，你先跟他去，有事我会叫你。"

"好。"张小军应答着，跟着彭副主任走出李大民的办公室。走到走廊尽头的值班室，彭副主任给张小军安排了一张办公桌。

"小张，欢迎你来实习，"彭副主任说，"值班室是24小时值班，会有人接听电话，里面套间是架子床，和你们大学宿舍一样，值夜班的就睡在里面。你要是晚上不回学校宿舍，也可以和值班民警一起睡在这里，了解了解应急事件处理的流程，增长你的经验。"

"好的，谢谢彭副主任。"张小军说道。他看了值班室的内部通讯录，知道彭副主任的名字叫彭刚。

彭副主任身材矮小，长相和气，虽然穿警服，但估计主要是对内事务较多，纽扣也没扣全，裤子看上去皮带没弄紧，一直下溜，一双皮鞋非常破旧，看得出没有精心擦油养护。

从李大民还有彭刚的热情招待，以及民警们的善意可以看出，在2000年的中国公安系统内部，本科学历以上的科班出身的大学生所占的比例还是比较小的。有不少都是从高中或中专、职高、警察学校毕业后，继续上一个电大或党校大专，就能当领导。国家的干部队伍发展也是这样一个过程。在处理这些具体问题的过程中，随着教育水平的提高，行政机关单位对人员更替、晋升、培训等等，采取的都是“老人老办法、新人新办法”的标准，这就是马克思主义哲学具体问题具体分析的精髓。也只有这样处理，才能摆平各种具体的利益冲突，平衡各种尖锐和激烈的具体矛盾。

刚去的第一周，张小军除了熟悉流程，就是负责装订卷宗。张小军做事认真细心，公安处积压了一两年的卷宗，不到一周，他就按规定要求全部装订完毕。李大民检查了装订的质量，在内部党组会上感叹地说：“大学生素质就是不一样，装订的卷宗都有模有样。”

张小军白天装订卷宗，晚上还是到海云电脑城去打工，组装电脑。电脑组装是体力活，但也需要一定的技术背景，此时薪酬方式发生了变化，就是按台计算，按客户订单，组装好一台并测试好，15 元钱。正常情况下，组装一台电脑包括测试，特别是软件的测试，当时流行的是 Windows98 系统，总时间需要差不多 50 分钟。每个晚上，张小军差不多能装三到四台。

2000 年 7 月中旬的一天下午五点十分，再过 20 分钟就下班了。张小军准备好下班后骑自行车去电脑城，已经开始收拾东西了。此时值班的民警周国庆说要去办公室量尺寸，统一定做制服，让张小军看着电话，做到 24 小时值班室有人。张小军说好。

下午五点二十分左右，周国庆测量好尺寸，回到值班室。和周国庆一起回到值班室的，还有当晚夜班的值班民警陈锋。陈锋对张小军说：“小张，今晚能住在值班室帮接电话不？公安处技侦科刚退休的王科长的儿子结婚，中午已经吃了一顿，晚上还要吃饭，大家关系不错，下班了我和周国庆要一起去，估计晚上十一二点结束后就回值班室。”张小军说好。张小军给电脑城老板打电话说有事，就留在值班室。

到了深夜，一阵急促的电话铃声把张小军惊醒。张小军看了看挂在值班室的钟表，时间是深夜两点零五分。

“您好，哪位？”张小军接起电话。

“您好，是公安处吗？”一个青年男子的声音。

“是。”

“您好，我是徐州北站派出所民警马雷。刚接到报警，停留在徐州北站的一辆拉煤的列车车皮上，发现无头尸体。”

“知道了，我马上报告。”

“好，再见。”

“再见。”

根据值班室的规定和通讯录，张小军第一时间打了公安处处长李大民的大哥大，就是最老式的摩托罗拉手机，在当时是相对先进的。张小军正报告着情况，陈锋满身酒气地回来了。李大民问张小军：

“今天值班民警是谁？为什么是你接电话？”

“是陈锋，他今天肚子不好，晚上跑厕所好多次，刚接电话的时候他正好去厕所，现在刚从厕所回到值班室，看上去肚子还是不太舒服，我让他听电话。”张小军回答着，把电话给了陈锋。

陈锋听到了张小军的话，内心很是感激，于是顺着张小军的话继续说：“李处好，我估计是拉肚子了。”

“我马上到单位，到了后，让小张和我去现场，我顺便带点药给你。”李大民说道。

很快，李大民开车到了单位。陈锋因满身酒气，就直接躲到厕所。李大民把治疗拉肚子的药放在值班室办公桌上，对着斜对面的厕所大声喊道：“小陈，药放桌子上了，我和小张先去现场。你上完厕所，抓紧吃药。”

“管！谢谢李处。”陈锋在厕所回应道。

李大民带张小军上了车。这是一辆吉普车，外观没有喷漆成警车式样，看上去和民用车一样，只有在紧急情况下才会拿出一个呜呜叫的红色警报器放在车顶。张小军上车后，发现驾驶位置上的警察张四亮。

三人很快到了徐州北站。徐州北站主要是货运列车的停靠点，拉煤的车皮很多。当地周围的老百姓，经常会背个箩筐，在铁路两侧捡车皮上掉下来的煤炭，拿回家补贴家用。也有厉害一点的，比较胆大的，半夜翻墙爬进货场，再爬上列车，直接从车皮上偷煤炭。因为煤炭很重，这些人也不是职业小偷，就是弄个几箩筐回家用，这种小偷小摸可以忽略不计，所以公安治安方面，对这些人往往以教育为主。

到了北站派出所，见到了民警马雷。马雷的值班室里坐着一个农民模样的40岁左右的男人。马雷指着这个人对李大民说："李处，这是秦斌，附近的居民，半夜一点从家里出来，爬到车上准备闹几筐煤，结果爬上车皮，发现了无头尸体，吓得不轻，就直接跑来报案了。"

李大民问了秦斌几句，交代马雷安排其他民警把秦斌的询问笔录做好，同时通知法医吴成抓紧到现场，立即就和马雷、张四亮、张小军一起奔向现场。

现场味道腥臭。夏季尸体本来就容易发臭，加上凶手把煤炭挖了一个坑，把无头尸体放在里面，招来了苍蝇、蚊子。一般第一次接触这种场景的人都会恶心，有的人还会呕吐。

很快确定了死者为女性，大约40岁出头。根据尸体腐烂程度、尸体衣着，以及货运列车的行驶速度，初步确定尸源地为陕西潼关一带。

"确定尸源地非常关键，"李大民在内部分析会议上说，"一旦这个确定准确，直接到当地排查失踪人口，工作就可以展开。"

尸体还要进行解剖。第二天早晨一上班，李大民对张四亮和张小军说："你们跟我走一趟，到解剖室去看看。"

三人到了解剖室，法医吴成已经完成了解剖。吴成三十八九岁，身材中等，人偏瘦，戴副金丝眼镜，很多人第一眼看到他，都以为他是中学的男教师。

"排除了中毒死亡。"吴成说着，带李大民、张四亮和张小军来到解剖台，扒开了肚皮，一堆肠子呈现在眼前。张小军憋住了口鼻，但还是条件反射般地感觉想吐。

其实解剖台上，死人的解剖和人杀猪、杀羊的情况没有什么两样。但见识杀猪杀羊，和见识解剖尸体，根本上是两码事。

到了中午吃饭的时间，李大民带张四亮、张小军路过狮子山。李大民说："小张来实习，差不多半个多月了，还没请吃过饭。今天中午我个人请客，请小张吃饭，四亮也跟着一起。”

“管！太谢谢李处了。”张四亮说着，又对张小军说，“李处对你真好，我今天蹭饭，纯粹是沾光。”

他们到了一个家常菜饭店。饭店名字很普通，就叫“家常川菜馆”，开饭馆的老板是徐州本地人，但请的是会做川菜的厨师。三人坐下，李大民点了三个菜：宫保鸡丁、干锅肥肠、蒜蓉菠菜，要了一大碗米饭。

宫保鸡丁上来，三人各自盛了米饭，就开始吃。第二个干锅肥肠上来，热气腾腾，张小军瞬间想到早上刚刚在解剖室看到的开肠破肚的无头女尸，立刻有东西从肚子涌了上来。他用餐巾纸捂住口鼻，快速跑到饭店外面的路边大树旁边猛烈呕吐，连早餐吃的东西都吐了出来，一直吐到吐黄水。

李大民和张四亮也赶紧走出来。看到这个情况，张四亮对张小军说：“没事小张，我参加工作第一年，第一次看解剖，也吐了。后面多看几次，就习惯了。”

“我没事，你们先吃，我在门口等你们，中饭我吃不下去了，还一阵阵想吐。”

张小军脸色灰白，强作镇定地说。

吃完中饭，开车回办公室，路上李大民对张小军说：“小张，书上的知识很宝贵，现实的经验也很重要，好比你们学法律。书上说的很清楚，现实中的许多都是人在操作，人是最活跃的因素，实习工作的重点之一就是接触人，除了我们这些活的人，还有死的人，就是尸体。这些经历，对你今后是有帮助的。”

张四亮接着说，今天李处请客了，明天他请张小军和李处。李大民说，不行了，明天一早，三人得开车到陕西潼关，和当地警方接触，排查失踪人口，就开吉普车去。徐州到潼关500多公里路，李大民和张四亮要轮换驾驶。

实习机会很宝贵，张小军给电脑公司老板打电话说明了情况，回学校宿舍准备了衣服。第二天一早六点整，张四亮的吉普车准时开到学生宿舍楼下，张小军上了车。张四亮又开车到李处家接上李处，就出发了。

经过近十个小时驾驶，三人到了当地，根据预测的范围进行排查，发现华山火车站附近王家沟村的杨寡妇这几天不见了。根据当地警方提供的资料和走访王家沟村民，他们发现杨寡妇的社会关系相对简单。村民提供的线索中，有两条线索引起了李大民的注意：一是潼关县贺家村卖煤球的贺老三，二是马村的货郎马老五。这两人都追求过杨寡妇，杨寡妇同两人也都有交往。但询问两人，却没有什么有用的线索。

李大民决定还是到王家沟村再次走访。这次李大民没有根据当地派出所的介绍找村主任，而是随机走访。一大早，李大民碰到了在村里散步锻炼身体的王发成老汉。王发成50多岁，患有高血压、脑梗，必须每天走走锻炼锻炼。李大民寒暄了几句，就打听杨寡妇的情况。王发成拿出烟袋，装了烟，点着，蹲下来，对李大民说："杨寡妇男人死得早，没娃，贺老三、马老五经常去找她，也常去她家帮忙。村主任有时看杨寡妇可怜，也会在村务事的处理上，进行一些照顾。"

张小军和张四亮听着，又上了一堂生动的课。原来农村的事这么复杂。俗话说寡妇门前是非多，但没有想到竟然如此复杂。农村各阶层的利益博弈，都是那样表面平静和实质风起云涌。

"杨寡妇娘家是哪个村的？"李大民问王发成。

"北边小寨村的，"王发成回答道，"但娘家已经没直接的亲戚了。其他远点的亲戚，和杨寡妇也没有什么来往。"

李大民又找贺老三和马老五询问了两次，但都没问出什么有用的信息。

调查了几天，毫无进展，李大民一筹莫展。张四亮、张小军也缺乏经验，提不出什么有用的建议。又过了一天，三人去华山火车站附近的小饭摊吃凉粉，听到隔壁桌一对老年夫妻的对话，大意是说，要到南边山神庙请神婆，给儿子结婚算个日子，要买四样礼品，还得五元钱。

"要不，我们也去山神庙，请神婆算算？"张四亮对李大民说。

李大民说，公安办案，要讲证据，讲逻辑，不能凭封建迷信定案。李大民分析了走访取证的具体情况后，认为马老五的嫌疑最大。

"我们再去找马老五。"李大民说。

太阳快落山时，三人再次走进马老五的家。马老五正在盘点货物，准备第二天走街串巷的货物。看到三人来，马老五问："你们还没走么？"

"我们去了山神庙，找了神婆。"张四亮看着马老五说道。

马老五愣了足足有几十秒，然后叹了一口气，说："该来的还是要来。人是我杀的。你们今天天快黑了才来，这个时间点我就感觉到了。"

根据马老五的交代，他和杨寡妇都已经好过几个月，都要结婚了，但杨寡妇还是和贺老三来往，马老五提醒了几次，没用，于是就起了杀心。

"请你详细交代杀人过程。"李大民对马老五说。

"她和贺老三不断交，和我这说好了结婚，再三说不听，我就起了杀心。我走街串巷，从宋家沟的兽医宋金明手里买了麻药，赶集的时候从王家沟陈铁匠那里买了砍刀，我说砍树用，还收集准备了几个尿素袋。所有事情准备好后，我跟杨寡妇说，次日下午我割肉，到她家吃猪肉大葱馅饺子。第二天下午两点多，吃完水饺，我去盛饺子汤，给杨寡妇的汤里下了麻药。她喝了很快就睡着了，但我知道人没死。我本想等天黑之后再杀她，但一想，杨寡妇家平时白天没人来，晚上还真的有村里青年或村主任啥的来，都想占便宜睡她，还是白天安全些。想到这，我就直接用砍刀把她的头砍了下来。"

"对方被麻醉，你其实是活体砍头？"李大民问。

"对。"马老五回答道。

"砍刀在什么地方？"

"埋了。"

"埋在什么地方？"

"龙滩沟，挖了一米五深的坑，她的头颅和砍刀都埋在一起。"

后来，在杨寡妇家的厨房，从飞溅在各处的血迹上提取了证据，和马老五的供述吻合。到了龙滩沟，三个民警挖了一个上午，才挖出砍刀和杨寡妇的头颅。

根据马老五的供述，他在当天下午天即将黑的时候就把杨寡妇的身体装好，运到铁路华山站货场，装上拉煤的火车皮。他想，这尸体运到天涯海角了，头颅埋在地下一米五深的地方，应当没事。但天网恢恢疏而不漏，事还是出了。在马老五的供述中，有一个场景是令人触目惊心的。马老五说：“我用砍刀把她的头砍下来时，头和身体没有完全断开，还连着一点点皮和筋骨，那个已经马上要断开的头颅的眼睛居然突然睁开了，我吓了一跳，估计是麻药劲儿散了。那头颅的眼睛睁开，瞬间复杂地变化，似乎想说什么，但嘴最终没动。”

办好这件无头尸体案件后，回到徐州，张四亮请李大民和张小军吃烧烤。三人吃着，喝着啤酒，就开始聊起来。

“书上说了，办案主要靠证据。”张小军说道。

“没错。”李大民回答道。

“但无头尸体案，破案靠的是神婆，是马老五心理崩溃后才供述出了关键证据。如果马老五不供述，心理素质过硬，这案件怎么破？”张四亮喝着啤酒，说道。

……

“谁能想到，马老五那么瘦小一个人，一个货郎，居然一个人一把铁锨，半个晚上就挖出了一米五深的坑，掩埋证据。人的潜能，在犯罪和应激状态下，是无法想象的巨大。”张小军说道。

“是呀，这种地方人口少，没有监控，缺乏人证，物证又被深埋，尸体又被列车运到远方，破案是难。再想一想，如果中途偷煤炭的小偷看到无头尸体不报案，或无头尸体中途扔下列车，扔到一个没有人烟的臭水沟或涵洞，可能许多年过去了，杨寡妇始终活不见人死不见尸，当地警方也就只能按失踪人口报。”张四亮说道。

“小张，这个夏天的实习，对你来说是一堂生动的实践课。所有教材、角色、人物，都是现实的、血淋淋的，是对大学课堂的有机补充。”李大民说道。

“是的，感谢李处，感谢张警官，这次确实长见识了。我在农村长大，都不知道，原来农村还有这些事，之前从来都不知道……”张小军举杯感谢着说。

“神婆的事，我感觉又是一个课题。”张小军对张四亮说道，“这使犯罪嫌疑人心理防线崩塌，对案件侦破起了作用。”

“迷信的事，可信么？”张四亮一边喝扎啤，一边吃串，一边说。

“开国领袖和伟大的马克思主义者们都说过，迷信迷信，不可不信，不可全信。”李大民说道。李大民这话的意思很明确，这是开国领袖说的，不是我一个公安处处长和一个共产党员说的，谁想反对谁想抬杠，就先过领袖同志这一关。但我们从事公安工作，要相信科学，重视逻辑，讲证据。在证据为主的同时，辅以对嫌疑人的文化程度、性格的分析，结合起来进行办案。

不可否认，没有对马老五提神婆导致其心理防线崩溃，这件无头尸体案件就不可能短期快速破案，公安处就不可能凭借本案获得集体三等功的嘉奖。

过去的办案条件，不能和现在相比。当时缺乏经费，缺乏监控，缺乏资料，身份证管理不统一，办理身份证不用登记十个指头的指纹。缺乏征信体系，加上技术侦查设备落后，手段落后，各种条件的限制，使得落后的农村失踪一个寡妇或失踪一个智障人口，很难被侦破。也就是说，这种失踪案往往会不了了之。与之对应的，还有拐卖儿童、拐卖妇女等犯罪，都是如此。许多人犯事之后，逃离家乡，隐姓埋名，漂白身份，逍遥法外。在那样的年代，结合犯罪分子知识层次和性格心理，指给了办案人员一个思路，迷信对犯罪分子心理形成了震慑，甚至直接促成了犯罪分子心理防线的崩溃，为被害者昭雪起到了正面积极的作用。

在这一年的暑假，刘玲在汉中市城固县教育局见习，带教她的是教育局局长助理高文。高文也是汉中师范学院毕业的，比刘玲高三届。毕业后，因为高文的父母都是市机关的领导，各方面关系比较熟，高文就顺利地分配到了城固县教育局，第二年就做了局长助理。

高文看到刘玲的第一眼，就喜欢上了刘玲。高文对刘玲说，希望刘玲毕业后，能到城固县来工作，学校随便选。刘玲对高文也不反感，高文一米八的身高，说话很有修养，家庭背景好，前途无限。刘玲对高文说，感谢高文的支持，自己估计要直接考研。

实习到 8 月初的时候，一天下午，高文对刘玲说，再有一周实习就结束了，就要写实习鉴定了，就要分别了，想请刘玲吃饭。

高文说："认识了都是朋友，请吃饭一定得去，不去就是不给面子。"

"那好吧。"刘玲对高文说。

"今天下班，我们就去民乐大酒店二楼，这是城固县最好的饭店。"高文说。

"不合适吧，这太隆重了。"刘玲说。

"就这么说定了。"高文说完就走了。

到了下班时候，高文已经准备好了，他骑着摩托车，请刘玲坐在摩托车后面。夏天天热，衣服都穿得非常少，刘玲上了摩托车。高文请刘玲坐好。摩托车速度快，刘玲的身体便和高文的身体紧紧贴在一起，刘玲心理上有一种奇妙的感叹。开摩托车的高文感受到刘玲柔软的身体抱着自己，如同吸食了海洛因一般兴奋。

两人到了民乐大酒店，找了一个包间，点了 100 多元钱的菜。这相当于高文每月到手工资的$\frac{1}{5}$。20% 月收入的投入，这肯定不是一般的带教老师和实习生的关系。刘玲感到有些太隆重了，加上刚刚来的时候，摩托车上两人的身体接触，让她内心阵阵荡漾着。

第二天是星期六，高文对刘玲说，下午一起再加班弄弄材料。刘玲知道高文是另有想法的，想到实习鉴定还得高文出，就去了。下午到了办公室，大概用了半小时整理资料，高文对刘玲说："差不多弄完了，去我的宿舍吧，想送一本书给你。"

教育局职工宿舍楼基本没什么人，三层楼的宿舍只住着高文和另两个青年干部。那两个青年干部周五晚上就回洋县老家了，因此就剩下高文一人。刘玲进去一看，高文的宿舍整理得很整齐，刚进门是一个洗脸的脸盆架子，上面有脸盆、毛巾、肥皂、牙膏、牙刷，靠右边墙是一个衣柜和书柜，靠后窗是一张大床，靠门口方向床边是一张办公桌，办公桌再靠前窗就是一对单人沙发和一个茶几。屋内相当整洁。

刘玲进了宿舍，站在宿舍的办公桌前看桌上的书架子上都放了什么书。高文倒好水，就把宿舍门关上，从后面一把抱住了刘玲，直接把刘玲扑倒在了床上。

“高文，你不要这样，我有男朋友。”刘玲被高文压在身下，背对着高文，冷静地说。

“可以竞争，”高文说，“我想要你。”说着，高文双手从刘玲的腰部伸向了刘玲的胸部。

“高文，你再这样，我要向学校反映了，也要向你们教育局反映，你前途就会毁灭，可能还要判刑坐牢。你再不收手，就是犯罪了。”刘玲再一次说道。

这次，刘玲的话震动了高文。高文放开了刘玲，说：“对不起了，失态了。”

刘玲说：“我先走了。”

这件事给刘玲提了一个醒。到了这个年龄，异性互相吸引，这是正常的，但如何自我保护，如何确定恰当的距离，却需要认真思考。任何一个女性，都有可能在特殊的环境中遭遇这种情况。实习结束后，刘玲回到了汉中，在学校调整了一两天，8月20日回到老家。这样到大四开学，还有半个月。

刘玲内心渴望张小军也回老家，见个面也行。

张小军从公安处实习结束后，又在电脑公司工作了一周，之后用学生证买了徐州到渭南的半价火车票，8月24日回到了老家，但他8月29日就得走。

8月26日，天气炎热，刘玲骑自行车从刘家村到孝通街道，和张小军碰面。刘玲说她暑假实习认识了一个教育局的干部，汉中师范学院的学长，大自己两三岁，对自己有好感，希望自己本科毕业后去汉中工作，但被她回绝了。她说自己直接考研，并告诉学长自己有男朋友。但刘玲并没有告诉张小军，高文骑摩托车带自己、高文在宿舍抱自己的事情。张小军没有和刘玲说自己参与的无头尸体案的经历，因为他感觉没有必要。他只是说了自己怎么实习，怎么兼职，怎么计划。

张小军对刘玲说：“我本科毕业得直接工作，不能直接读研究生。要上得工作之后自己攒钱上。你的情况，适合直接读研究生。”

刘玲问为什么。张小军说：

“我这家庭情况，你是知道的。家徒四壁，一无所有。本科毕业我想先工作，经济独立，把这个贫弱的家庭从多年来的穷苦中解放出来。我父亲干了一辈子苦力，现在老了，干不动了，我想提前独立。这可能就是老百姓说的，穷人的孩子早当家吧。”

“我会好好念。”刘玲说。

“我们处在一个快速发展的时代，”张小军说，“我们都走出了农村。你从距离卤阳湖六七百米的刘家村走出，考上大学；我从距离你4公里路的孝通街走出。我们分别到了新的环境，都面临新的机遇、挑战，都面临新的诱惑、抉择。我们和路遥笔下的主人公截然不同。作家路遥笔下的主人公是制式的、固定的，就是一个上了大学，一个没上。我们都上了大学，不过是在不同的城市，都面临不同的压力。”

刘玲一辈子忘记不了高文，这是第一个和她身体有接触的男性。这就是女性和男性不同的地方。和张小军多年的交往，都是精神层面的纯洁的交往，都是梦幻般的理想，都是周围人们认为的美好初恋。这就好比一首民歌唱的：

一对对那个鸳鸯水上漂
人家个来都说是咱们两个好
你要是有那心思咱就慢慢交
你没有那心思就呀么就拉倒

你对我好来我知道
就像那老羊疼羊羔
墙头上跑马来还嫌低
面对面坐下来我还想你

……

在村里人的眼光里，刘玲和张小军早已经是合适的一对了，都上了大学，还互相来往。这就是“人家个来都说是咱们两个好”。而事实上，这两个青年人连手都没拉过。眼看就大学四年级了，求职和毕业就业，对张小军来说又是一个巨大的抉择考验。对刘玲来说，若考研成功还好说，若考研失败了，是不是去城固县呢？这都是非常现实的问题。

第十二章　情深意切

2000 年 9 月，张小军和刘玲都进入了大四。许多高校的学生都外出实习了，除了少数直接考研的学生，大部分学生都要面临自己找工作的问题。2000 年 6 月是国家最后一年包分配。从 2001 年 6 月开始，高校毕业生要自主择业，双向选择了。从整个国家人力资本发展的角度看，这无疑是好事情，毕竟给了劳动力人才自由流动的权利。但对于从这个农业人口占绝对优势的人口大国的落后西部乡村走出来的大学生来说，他们内心是焦虑的。这些学生除了念书进城，对城市并不熟悉。如何就业对他们来说，是一道作业题。

一些高校要求学生，只要毕业当年的五六月份回校做一次毕业答辩就可以，重点是就业率。这也是高校进入市场经济时代后的一个重要指标，也是招生的一个硬件。十一届三中全会以来中国高校的特点就是严进宽出，这也是国家的实际情况决定的，毕竟教育资源稀缺，只能采取这种高效务实的方式进行人才培养。

在 8 月 29 日开学离开家乡乘坐火车返回徐州的前一晚，张天凤、张木胜和张小军进行了一番对话。张天凤说："这马上就毕业了，你看人家家里有钱的、家长有本事的，都开始花钱活动，给娃寻门路了。南边郭家村和你一年毕业的郭金虎的娃，是在西安念了个啥大专，人家家里都通过关系花钱，给寻的是西安周边哪个县的环保局啥的，说花了三万给人送礼。咱这家，我和你大都是下憨苦的，没钱，没本事，给你寻不了饭碗，得靠你自己。”

张小军说：“我工作的事情我自己解决，不用你们操心。”

张木胜问张小军说：“得、得能回咱渭南、蒲、蒲城么？”

“不能，”张小军回答说，“越是经济落后的地方，就业机会越少，找工作的重点还是能进机关单位，而这又得花钱，没几万元是不行的。就是有几万元，没人也不行，没可靠的关系人，人家也不敢收。我估计要留在江苏，或到经济更发达的地方。那些地方机会多。”

“这不是离家更远了？”张天凤说，“这么远。”

“这也是现实，”张小军说，“我也想大学毕业就报效家乡，但报效无门，只能远走他乡寻找机会，等条件成熟的时候再回报。不然就是心有余力不足。咱这条件就这。我们高中的同学中，家里父母是县城机关单位的，高考也没有考上太好学校，都是省内的大专和二三类本科，但毕业都能安排到税务、公安等各种机关，甚至是交换帮忙，互相安排。我们的条件，只能我自己找，我从来没有嫌弃过我们家的条件，人都是逼出来的，不怕找不到工作，无论怎么说我读的是国家一类重点本科，211 院校全日制，肯定能找到。”

“你跟刘家村这娃，咋说哩？”张天凤问张小军。

“不知道。要是都没考上大学，或其中一个考上大学，肯定不行，两家在农村的经济条件差距也非常大。”张小军回答道。

“对着哩，现在不都是大学生么？”张天凤说。

“刘玲具备直接读研究生的条件，她应当直接读研。我本科毕业就得工作。大学四年本身就是天各一方，每年就假期见见面，各自发展成长的环境都不同。如果说毕业都在陕西境内工作，或许有可能吧。但我们的家庭条件，决定了我只能在经济更发达的地区寻找机会，到时刘玲研究生毕业若留在陕西，不好说。”张小军回答道。

"农村这，说闲话的人多得很！"张天凤说道。

这话是话里有话。人们之间交流沟通的时候，除了听对方说出来的话，还要分析对方没有说出来的话，后者更关键。张天凤的意思很明显，两个青年假期都来往见面，村里人都认为两个娃的事情定了，在毕业、工作这些具体问题上，就得考虑。可是，在公安处实习办理无头尸体案件之前，张小军对农村的理解、对人们之间关系的理解，都是极为单纯的。现在他能理解母亲的意思，但他无法承诺什么，也没有掩盖什么。这是现实情况。任何伦理道德的说教和评价，都是基于一定的框架条件的，也只有在这些基础上，才有是非对错，才有甲乙丙丁。但对21世纪这个全球大的政治经济格局的深刻变化背景下，两个从农村走出来的又刚刚碰上国家不包分配第一年的具体情形的年轻大学生来说，他们掌控不了环境，甚至掌控不了他们毕业后等待他们的工作地点和所工作的单位，后面的路，始终是未知的。

大四一开学，刘玲就专心准备考研的事情了。高文时不时地打电话给刘玲，刘玲都明确表示复习考研。高文剃头担子一头热，两三个月后也就逐渐不联系了。但高文忘记不了的是，这个自己中意的年轻女孩坐在自己摩托车后面，搂抱着自己的感觉，更忘记不了在自己的宿舍，自己扑压在刘玲身上的场景，他感谢刘玲没有对任何人说这事。

对张小军来说，除了日常在宿舍提供打印服务，大四第一学期他的生活中闯进了两个女生：一个是大二的女生周玉，一个是大一的女生赵燕。张小军也纳闷，大学念了四年，都没任何女生看上他这个沉默寡言的穷小子，怎么到了大四，天上掉下两个林妹妹呢。这两个女生身高都差不多一米六八，身材都姣好，都是城市姑娘，长相还都周正。

先说周玉。周玉是徐州人，她是怎么看上张小军的，张小军不知道。她总是设法约张小军，说教张小军跳舞。张小军说不会，周玉说她可以教。直到2000年11月徐州已经很冷，开始下雪了，张小军才同意到操场上跟周玉学跳舞。周玉拉着张小军的手，让张小军搂着她的腰，在雪花飘舞的操场上，大胆地教张小军练习跳舞。这对张小军来说，还是第一次搂一个女生的腰，总感觉别扭。学了两次，张小军说不学了。周玉就邀请张小军到她家去，她家里有个弟弟，念初中，父母亲都是国企的中层。城市姑娘的热情让张小军这个土鳖感觉很突然。

但不行啊。张小军给自己说。自己啥家庭条件，现在一无所有，工作也没有落实，凭什么和人家交往？与其浪费时间，不如专注解决工作问题。张小军没和周玉说什么，就是后来周玉约他他总说没时间，这事情就不了了之了。

赵燕是苏州人，也是城市姑娘。张小军也是一直回避，他清楚落实工作是自己的当务之急。

有时候人们的努力，是能得到一些回报的。2001 年 5 月份，经过各种考试和选拔审核，张小军被徐州市人民法院录取，成了一名法院干警，第一年被定为股级干部。刘玲也如愿以偿，考上了兰州大学化学系研究生。两个人的地理距离又远了几百公里。

法院政治处通知张小军 8 月 5 日报道。张小军 7 月中旬回了老家，给家里人说了自己的就业情况。张天凤和张木胜自然高兴，连王百锁都高兴，给张木胜说，算熬出头了。但群众不相信。村里的老人们纷纷开始议论，张家是否有什么外省亲戚，不然不可能进机关单位。这就是生活环境限制了人们的思维，人们总依照自己所生活的区域的就业情况、人情世故去推理外面世界的情况。

而生活并没有人们理想中期望的那样一帆风顺。就在张天凤和张木胜苦苦支撑的这个家庭刚刚稍有喘息的时候，张根海的生命即将走向尽头。在魏文军家隔壁有一群老人在晒太阳，老人们都对张根海说："根海，你孙子吃皇粮哩！"到公检法机关工作，就好比旧社会在衙门里工作，在老人们的观念中，就是吃皇粮的人。2001 年 7 月之后，得知孙子张小军毕业去了法院上班，张根海内心坚持的这个家庭的希望已经阶段实现。人往往是这样的，为了一个目标努力的时候，人是无所畏惧，不知疲劳的。一旦某阶段达成某个目标，人们往往就会空虚，这时候身体就会因为缺乏意志的支撑，迅速暴露出各种问题。经过一年多病痛的折腾，2003 年寒冷的春天，张根海去世了，享年 84 岁。

张木胜也面临同样的不幸。2002 年开始，张木胜已经不用再去做苦力出砖和出芒硝了。但50多岁的他在埋葬了父亲张根海后，在地里干农活的时候，肚子开始隐隐作痛。2003年年底，他到西京医院检查，确诊为胃癌。

这一年，渭南市委副书记魏新峰被组织任命为市委书记，成了一把手。这一年，卤阳湖周边的梨树已经挂果，群众已经拿到了卖梨钱，获得了收入。但卤阳湖和卤阳湖滩涂的开发，还没有形成可操作的定位。

同样是2003年，魏文军的儿子已经两岁，蒋军军的女儿也已经两岁。时间就像奔腾不息的黄河，不舍昼夜地流淌着。在时间的长河中，天地万物无时无刻不在发生着各种变化。随着梨树在卤阳湖周围的广泛种植，以距离卤阳湖最近的孝通街道为典型代表，“蒲城酥梨”开始在全国范围内销售。农民们找到了一条在自己家乡的集体所有土地上发展的道路。这要感谢魏新峰一直在努力，感谢董副县长和商务局同志们在全国进行学习先进经验，回来传授给当地农民。之前在蒲城县政府当小车司机的任明明在2002年辞职，组织家里亲戚贷款和借钱，在党睦镇渭清公路和孝秦公路的丁字口，建起了冷库，主要冷冻酥梨。

任明明先是找到他的大姐夫，龙池镇的种西瓜能手、全镇首富孙铁毛。

“姐夫，我在县政府开车这些年，跟领导到处跑，现在这几批领导还是一直想发展经济，魏新峰书记在蒲城当县长时候的政策，现在被董副县长继续执行，当年种的梨树也开始卖梨挣钱了。现在看来，各级领导对卤阳湖和卤阳湖周边的经济发展是重视的。加上魏新峰书记估计这一两年会提拔成市委一把手，这个政策资源应当用好，”任明明喝了口茶，继续说道，“现在农民卖梨，收购季节很短，但梨作为水果，储藏是个问题，要是建一个冷库，把梨从树上摘下来放在冷库中，到春节前再卖的话，价格会更好，农民收入会更高。我们建个冷库，就是服务群众，不管乡亲们存储多久，反正一斤梨两角钱的存储费，而存储到春节，一斤梨的价格起码能从2元钱涨到2元5角到3元钱，这是利国利民的好事。现在办一个冷库，大概需要40万元。我从部队转业后一直在县政府开车，存了5万元，我父母能支持2万元，还差30多万元，所以大姐夫看是入股也行，是借款也行，给支持点。”

任明明的大姐任秀兰，特别疼爱这个小弟弟。她坐在一旁听完任明明说的情况，没等大姐夫孙铁毛说话，就直接问任明明：“兄弟，得多少？姐给你拿。”

“姐，听姐夫怎么说，你这明显偏向娘家兄弟，不行的。”任明明说道。

“你看外怂姐夫涩皮得很！只知道抽烟，就是不想给钱。他自己妹妹上次去渭南医院做手术，要3000元给5000元，给得快得很！都不说啥时还。”任秀兰气愤地说道。“涩皮”关中方言中就是小气、抠门。

“是这，”孙铁毛抽了一口烟，“哥拿10万元，算25%的股份，不算借款，算股，承担风险，按比例分红。”说完，孙铁毛对任秀兰说：“弟来说这事，是好事。是为十里八乡的群众提供服务，解决梨子储藏和冷冻的问题，这是积德行善的事，加上弟说现在政府领导也在想办法提高经济，各方面条件都差不多，这好事，得干。你不要泼妇一样，以为我不支持！”

“你怂就是个涩皮！”任秀兰骂道。

任明明从自己家亲戚处总共借了20万元。任明明的媳妇唐水菊是东陈镇的，她从娘家父母和娘家两个哥哥处借了15万元，其中娘家父母5万元，是借款，不要利息；娘家两个哥哥每人5万元，算入股。这样总共35万元。任明明又利用给政府领导开车认识信用社的领导，把这个项目报上去，信用社给批了10万元贷款，年利息7.5%，贷款期限2年。

2002年6月，天正热，任明明和秦家村村委说好了五亩地皮，相当于3300多平方米，开始投入建设。大概三个多月时间，冷库全部建设完成，包括制冷压缩机的配置、冷库管理工的招聘，全部到位。当梨九十月份陆续成熟，有见识的农民先卖一部分给客商，然后存储一部分在冷库。冷库的名称就四个字：明明冷库。

农民现金流动性都紧张，任明明就制定了政策：农民的梨，包装好了先放到冷库，等出库后农民收到客商付款后，再结算冷库存储费用。这一付款政策引发了更多的农民储藏。

到2002年11月底，冷库基本满载。唐水菊对任明明说："明明，忙了半年了，生意也不错，算算账两三年回本，后面就是净赚了。咱们去平路庙浴池洗澡吧，放松放松。"

"行。"任明明回答道。

下午三点多，任明明发动自己买的二手白色桑塔纳。这在当时的县城和县城农村交界地方还算是档次不错的小轿车。唐水菊坐在副驾驶位置上，两人去洗澡了。

"明明，"唐水菊说，"原来看上你跟你过，只知道你家里经济条件好，你又当过兵，还是共产党员，在县政府开车。现在你弄了这个冷库，发现你更是一个干事的人，我嫁给你算是碰着金元宝了。"

"这叫啥话，"任明明说，"关键是领导想把经济搞上去。这几年我跟领导前后调研，掌握的信息稍微多了一点。这不光是市里领导和县政府领导，国家领导也千方百计领导着国家发展呢。我是一个党员，在部队上锻炼过，刚好有这个条件，才办这个冷库。假设领导不是为解决卤阳湖和滩涂地开发，不是请国外专家来指导，就不会有几万群众从安徽引进梨树；没有梨树，就没有梨；没有梨，就没有梨的储藏冷冻需求，就没有冷库。"

"你能说得很！"唐水菊说，"不敢表扬。一说你胖，你马上喘上了！"

"这是真实的想法，"任明明说，"挣钱是生意的需要，但我第一想法是服务群众，这不是唱高调，你是我媳妇，我这又不是对外人说话。"

"你是跟领导开车脑子开坏了！"唐水菊说，"肯定要挣钱第一，你看你说的话，跟领导开会说的话一样，总是高大上！不挣钱，我娘家父母的钱怎么还！又不是偷来的！"

"你这怂婆娘！"任明明说道，"说话没水平，表达没文化！"

"你有文化！把你能的！"唐水菊愤愤不平地回应着，"你不跟我吵架我还不生气，你这么说我没文化，今天话赶话我说到这儿了，我问你，你和政府打字室的打字员周蓉蓉是怎么回事？我听娘家东陈镇去县城办事的人说，好几次去政府办事，都看到你和她聊天！"

"我聊个锤子！"任明明发火了，"周蓉蓉的哥哥和我是战友，人家

19 岁一个娃，我和人家能有啥！我们小车班的休息室和打字室是隔壁，中间的玻璃窗还坏了，大家都在聊天，为什么偏偏说我？是东陈镇的哪个说的是非？”

看到任明明骂人，唐水菊赶忙说：“不做贼不心虚！对了些！开车。”

过了几分钟，看到任明明情绪恢复了，唐水菊又说：“刚刚你生气还说脏话！”

“咋了？”任明明说。

“那你给领导开车，你敢给领导这么说，锤子锤子的，敢不敢？”唐水菊说。

“你这怂婆娘！”任明明不再搭理唐水菊。

唐水菊其实从内心还是欣赏丈夫的。她就是逗他，但任明明不经逗。怕擦枪走火，唐水菊便不再逗他。明明冷库经营两年半就收回了成本，后续每年平均有十万元左右的净收益，这是减去所有的工资、电费、损耗等等之后的。各方的借款也还清了，信用社的本息也还清了。冷库对农业发展梨树种植和提升农民收益率方面，做出了贡献。

2003 年，渭南市经济座谈会召开，魏新峰作为市委书记亲自主持。董副县长也即将被选为蒲城县县长。任明明也参加了座谈会，但不是以驾驶员身份，而是以企业家代表的身份。

会议开了一天，下午总结的时候，魏新峰进行了总结发言：“大家的发言很好。我记录了。这两年国家发展很快，2001 年年底我国加入了 WTO，国际贸易格局进一步打开。当年为了让滩涂地和盐碱地变废为宝，提升效益，我们在治理卤阳湖的时候，请教了国外专家，引进了梨树。现在这几年已经见了成效。现在配套的冷库也有了，重点还是我说的销路。农民农作物的关键问题是销路和对应的价格。国际贸易方面，我联系了澳大利亚的外商，他们收购酥梨的价格还可以。海关和国税方面我也进行了沟通，农产品出口退税补贴政策是明确的。这事会后请相关的县领导和商务局的同志们落实下。同时现在国家为了帮助农产品出口，组建了政策性的保险公司，叫中国出口信用保险公司，简称中信保，这是政策性的保险公司，是化解出口风险的保险公司，或者说，就是怕我们农民把梨卖给外国人，被外国人骗了，在外国人不给钱的情况下，中信保就是对我们农民的保障。这方面我们已经和中信保进行了联系。总之，政府的服务功能，要切实体现在为群众办实际事情，解决具体问题方面。同时要培植一批农业龙头企业，集中信用、资金，形成规模优势。我们陕西人在全国都是不偷不骗的，但一个字："太懒。"

"太懒是两个字！"下面有人指正魏新峰。

"对，两个字，非常懒！"魏新峰说道，"经济落后有时是恶性循环，没有足够的收入去提升知识，去进行专业化投资，这是非常关键的问题。相反，这还会排挤人才的发展。没有了人才，发展就是一句空话。一般说，几流的人才，就建设几流的成果。"

得知任明明建设的冷库为群众提供了方便，魏新峰对任明明说："明明，加油干！需要什么支持，随时找董副县长和我，我们全力支持！"

2003 年年底，刘玲即将研究生毕业。根据导师的推荐，刘玲收到了中石油吐哈油田研究院的录取通知，工作地点在吐哈石油基地。吐哈石油基地在吐鲁番和哈密之间，距离乌鲁木齐 320 公里，坐火车需要近四个小时。乌鲁木齐到西安的咸阳机场，飞机要飞两个多小时。这么远的距离，回一次家都很费劲。刘玲这是向西越走越远，从汉中，到兰州，再到吐哈。

化学专业的研究生，能推荐到中石油这样的单位，是非常不错的。刘天臣听到这个消息，非常高兴，逢人就说：我女子到中石油上班了。

王菊花晚上看电视的时候，对刘天臣说："娃到新疆上班，这么远，看样子，和街里外娃的事，毕哩！"

"那有啥办法，"刘天臣说，"咱是农民，又给娃解决不了就业和工作问题。再说，中石油这么好的单位，研究生导师能推荐娃去，这肯定要去。对象哪里都能找。"

"太远了，今后回家一次都婆烦得很！"关中方言中，"婆烦"就是非常麻烦的意思。

同样是这一年，张小军在工作上经历了刑事审判庭、执行庭的工作锻炼后，成为法院工作中的骨干力量。这种科班出身的大学生，只要培训给点实战机会，上手非常快。三年的工作历练，使得张小军更加成熟。当然这三年，他也投资了一些钱，在赛格电子城入了组装电脑的公司的股份。这和他的工作没有任何关系，纯粹是一种收入结构或投资安排。这一年，他得知刘玲研究生毕业到吐哈石油单位工作的消息的同时，也从母亲张天凤那里得到了西京医院检查张木胜的结论：张木胜被确诊为胃癌。

这对张小军的打击是巨大的。他刚刚工作两三年，农村出身的背景使得他在经济上一无所有，自己设法兼职挣钱，投了点电脑公司，好不容易能有一点点存款，他本来打算买房的。这时候单位已经不分房了，住房要自己购买，张小军要准备首付款。刚刚有了两年的积累，却得到父亲胃癌确诊的消息，这对张小军来说，是一个现实的问题，必须花钱治疗。

为了张小军读书,张木胜穷尽了一生的努力。这个可怜巴巴的男人，智力一般，学什么技术和手艺都不会，只能一辈子做最廉价的苦力。他的一生，基本都在种地、夏天到砖窑出砖、冬天到芒硝厂出芒硝的循环中度过。时间使得他在这样的付出中慢慢变老，儿子大学毕业一两年，还没有来得及喘气，先是父亲张根海去世，然后不到一年时间，自己又被确诊为癌症。上天到底是怎样的安排，不给这个家庭几年喘息的平静时光和机会呢?

张小军在法院工作，祖辈和父辈的价值观告诉他，必须坚守正道，不能徇私舞弊。因此在法院工作中，除了对电脑公司的投资和工作没有任何关系外，就是固定的工资收入。2001 年到 2003 年期间，一个三线城市的普通的工作两三年的股级公务员的收入，就是每月两千六七百元钱。这样的收入，如果张木胜不得癌症，维持生活和每月给家寄 1000 元钱是没有问题的。电脑公司的分红每年能分一两万元，过几年买房支付首付也是没有问题的。

现在这个问题直接摆在张小军的面前：该怎么处理。

张木胜是一个极为普通的农民。21 世纪初，中国农民的养老保证，就是养儿防老。国家的养老制度、医疗保险制度、失业救济制度等等，仅仅部分针对有条件的城市人口。整个财政的实力和国家的实力，还无法为农民解决养老和医疗问题。对张木胜这样一个普通的农民来说，能看病的唯一希望，就是儿子给钱。农民病不起，在那个时代是真实的。

这时，赵燕已经大四了。她每过一段时间，就会到法院的宿舍找张小军。张小军把自己的实际情况跟赵燕说了。

张小军说："我是农民的儿子。我父亲在我大学毕业两年出头的时间里，被确诊为胃癌。治病需要花钱。农民没有任何保障，医疗全部自费，能不能看得起病，就决定于儿子能不能拿得出钱。我现在决心已经确定，我要为我的父亲治疗，按我现在在法院的收入，肯定不行，手术费用只是个开始，后面化疗等等的费用，还有许多。这件事情决定了我必须找新的收入来源。但我又有价值观，从事公检法工作是行使国家权力，我不能为了父亲治病在这方面动脑筋。所以，我可能要离开体制内，寻找提高收入的工作，以持续治疗我父亲的病。"

"是个男子汉，"赵燕对张小军说，"跟我好吧，我支持你。你的那个一直联系的女同学，到新疆石油单位去了，她不可能和你一起扛这么巨大的负担。她本身就是农村出来的，好不容易有了一个相对稳定的工作，怎么会和你面对如此巨大的磨难呢？但我可以。"

赵燕一把抱住了张小军。这是张小军第一次被女生直接以相好的名义热烈地拥抱。周玉也抱过他，那是以学舞蹈跳舞的名义，那不能算。

"你是苏州城市的姑娘，凭什么找一个我这样的凤凰男呢？并且还碰上了这种巨大的家庭负担，你得考虑清楚。你完全可以找更好的。"张小军对赵燕说道。

"你去上海发展吧，"赵燕对张小军说，"我从大一就喜欢你，但一直没有机会发展。这几年我大不咧咧地一直以学妹的身份找你说话，其实也一直寻找机会。我看上的是你这个人。我特别喜欢你皮肤白，看上去很让人喜欢。但过去你一直不冷不热，你那个和你一起长大的女同学也一直联系你。你的家庭出身，决定了你很珍惜这个法院的公职。若不是你父亲这次被诊断出癌症，你不得不思考治病的经济来源的话，我还是没机会。你学习能力强，法律科班的培养，决定了你在更大的舞台上不会丧失道德的底线，厚德载物。你还会计算机，更重要的是你变通能力很好。我相信，你到更大的舞台，一定会有所作为。”

“我没有去过上海，”张小军说，“我从县城出来，就到徐州读书，毕业就留在徐州，在法院工作了几年。上海是个什么样的地方，我不了解。我去了，能干什么，我也不知道。”

“你去上海的收入水平一定要比在徐州高得多，起码能支付和承担你父亲的开刀、化疗费用。现在你父亲的情况，应当每月都要钱的。”赵燕说道。

“是的。”张小军没有反驳。

“我今年大四了，原计划回苏州，家里为我安排好了一个事业单位的工作。原本，你就是我大学期间的一个求之不得的回忆。现在机会来了，我要抓住。你去上海吧，我毕业了也去上海，我们从零做起。我家在苏州，距离上海不到100公里，到上海我也算是有基础的。”赵燕拉着张小军的手，淡定而坚决。

“你怎么能肯定，我到上海，光杆一个，就一定能发展起来？”张小军问。

“就凭我的眼光，”赵燕淡定地说，“你也得相信你自己。”

赵燕从小在苏州城市长大，父亲是城市水利单位的处级干部，母亲是国有单位的会计，从小经济环境优越，根本没吃过苦。她的这个选择看上去轻松，但后面的困难多大，她未必清楚。张小军劝赵燕把问题分成两个方面，一个是为了救治父亲，张小军愿意辞去公职到上海发展，这是长久之计；二是这件事情和赵燕要不要去上海，没有关系。

赵燕说：“不要搞逻辑分析了。感情的事，不谈逻辑。就这么定了，你得跟我好。”

这个身高一米六八，形象气质都端庄的城市女生，在张小军告知了她各种具体情况后，仍坚决捍卫自己的判断。用赵燕的话说，她做的是价值投资，买的是潜力股。

很快，刘玲得知了张小军家的情况，打电话给张小军说，她要去中石油吐哈基地上班了。刘玲知道，让她读研，是张小军的建议。如果她不读研，说不定汉中师范学院本科毕业后，和城固县的高文都结婚了，娃都能跑了吧。现在她读研，有了更高的选择，到石油机构的研究单位工作，今后也不会吃什么苦。但张小军家一贫如洗，加上张木胜得了癌症，这后面多大的负担？怎么在城市买房？两地分居几千公里怎么解决？……想想都让人感到害怕。看来，了断是一定的，但如何不那么赤裸裸，可能要花点心思。

张小军清楚自己的实际情况，得知父亲胃癌确诊后，他主动不再联系刘玲。后来刘玲在宿舍的女同学那里哭了一番，说张小军有别的想法，然后这件事情就逐渐地了断了。再后来同学会的时候，刘玲在认识的同学处又流了泪，说张小军有别的想法了。张小军什么也没有多说。两个农村出身的大学生如果没有家里人发生重大疾病，或者还有可能再向前发展一步。城市生活需要买房，付首付款，需要买车，需要太多的经济支撑。读书已经使得家庭一无所有，若明知这种情况，而不去理性面对，那才是真正的缺乏担当。

这就是人生。村里人什么都没有说。这就是农民的可爱之处。这事放在谁家身上，恐怕都没有那么简单。

张小军从来没有感觉刘玲有什么不好。从高中时代起，两人就不在一起相处，大学时代相隔千里，研究生时代又远了几百公里，刘玲研究生毕业后更是天各一方。许多具体现实的问题，两地的距离，互相之间成长的关键的十几年，环境是不同的，视野是不同的。刚刚毕业又赶上张木胜患了癌症。生活本来就不容易，我们为什么要对别人要求那么高呢？

渭北高原的冬天依旧寒冷。2003 年的冬天，法院春节法定假七天，考虑到张小军等几个年轻干警是外地的，就多放了几天。张小军冒着严寒，冒着雪花，骑着父亲张木胜骑了十几年的破自行车，体会父亲多年来如何在刺骨的北风里去干活。卤阳湖两边芦苇和蒿草干黄，伴随着飞舞的雪花，飘落在这个二十五六岁的青年身上……

第十三章　命运多舛

2001年夏天张小军大学毕业工作后，妹妹张小叶在广东继续干了一年多。2003年年初，经介绍，并经张天凤的同意，张小叶嫁给了邻村比她大一岁的青年张西进。张天凤并没有要多少彩礼。张天凤对张小叶说："供你哥念书你打了四五年的工。现在你结婚了，今后挣钱你就和西进的家用，不用再给娘家用了。"

两人结婚后，张西进反对张小叶再去广东。张西进说，结婚了，两口子应当生活在一起。从那时起，两人就在西安发展。张西进有驾驶技术，开车稳当，张小叶从事服装批发销售。过了几年，小两口在西安东郊唐都医院附近买了套80多平方米的房子，算是在西安城有了家。2004年夏天，张小叶的儿子张波出生。这个三口之家从此开始了在西安东郊的奋斗之路。

生活总是这样日复一日地过着。2004年年初，经过慎重考虑，张小军向法院提出辞职申请，当然他没有告诉领导自己家庭的巨大压力。辞职之后，他只身前往上海。在他去上海之前，赵燕已经安排同学接站，并帮张小军租赁了宿舍，和大学宿舍一样，一个月房租120元钱。到上海住下后，张小军开始去万体馆和中山西路上海人才市场面试。大概不到一个月的时间，他找到了一家机械行业里做涂料生产设备的企业，老板是安徽人，叫甘龙。甘龙身材矮小，人很精干，很瘦，但两只眼睛炯炯有神。

“你薪资待遇期望是多少？”甘龙问张小军。

“2500，刚来上海，够生活就行。”张小军回答。

2004年的上海，2500元的月工资对一个刚来上海的二十五六岁的外地青年来说，这还说得过去。甘龙给张小军的职务是总经理助理，人事上只管一个前台，营销上协助甘龙做品牌。甘龙是给一家企业做销售总监起家的，做到一定程度，就另起炉灶，自己单干了。这中间涉及的还是经济收益的分配问题。2004年，甘龙买了一辆别克君威轿车，原来甘龙开的奇瑞轿车，给二老板王云虎使用。二老板是甘龙的老同事，在原单位从事销售辅助，负责客户资料管理工作，后来和甘龙一起跳槽出来，带着原来单位的客户资源。原单位找律师起诉他们，说劳动合同中签署有保密协议。但后来法院判决原单位败诉。原单位败诉的理由很简单，就是保密费用必须在员工离职之后支付，而不可以约定说员工每月的工资中有离职后的保密费用。

仅仅依靠2500元的工资生活是不够的。并且，张小军辞去工作到上海，肩负着给父亲治疗癌症和后续化疗的费用的职责。张小军开始在报纸和网络上寻找兼职的机会。他很快找到了一些培训机构开发培训教材的兼职工作，每月能有一千多元钱的兼职收入。对张小军来说，这些钱来得踏实，也能解决一些具体问题。离开徐州之前，张小军结算了在电脑公司的股份，因为急着变现，按两折兑现，大概一万元出头。他全部汇给了张天凤，让她用这些钱给张木胜做手术。

赵燕毕业后，放弃了父母在苏州安排的事业单位的岗位，直接来到上海，找了一份物业公司前台的工作，一个月工资1500元钱。赵燕安排父母见了张小军，赵燕的母亲杨萍一直反对，赵燕的父亲则尊重女儿的选择。杨萍对赵燕说：“你想好，这样的家庭以后负担重得不得了。”赵燕说，想好了。赵燕的父亲赵勇则说，关键对方本人品行各方面好就行，幸福可以奋斗，基础方面好或者弱，问题不大。

赵燕工作落实后，就着手考虑两件事。一件是和张小军领取结婚证，二是买房。赵燕是独生子女，要在上海买房，就和父母说了情况。父母同意，但赵燕的母亲杨萍让赵燕问张小军家能不能也拿出一点钱来。张小军说，拿不出来钱。赵燕说没关系。2004 年 11 月，赵燕的父母在上海购买了一套 150 平方米的房子，位置在上海七宝。2004 年的房价是 5000 元钱每平方米。房子买这么大，是赵燕的父亲赵勇的主意。赵勇说，就一个女儿，以后退休肯定一起帮女儿带小孩的，买小了，不够用。买好后，因为赵燕父母还都没有退休，赵燕和张小军就退掉了租住的房子，住到赵燕父母买的房子里。

房子买好没过几天，赵燕对张小军说，她的户籍是上海户籍，因为当年爷爷是从上海到苏州的，有回沪的户籍政策，就给赵燕了。之前一直挂在亲戚家，现在房子买了，就迁到自己房子所在地。

2005 年元月，赵燕对张小军说："我们先去把结婚证领了吧。"

张小军没说什么，两人去闵行民政局大厅领取了结婚证。

领取结婚证后不到两周，赵燕的爷爷赵占先从苏州赶到上海，见了张小军，对张小军说："燕燕的奶奶去世早，从小很疼燕燕。现在你们领证登记了，她父母也买了房子了，我送给你们一台冰箱、一台空调。"几天后，一台大的立式伊莱克斯空调和一台 2P 的格力空调被送来安装好。

张木胜经过手术，切除了三分之二的胃。张天凤前后照料，张小军负责筹钱，进行经济支持。在当时的情况下，看病就是看钱。从 2004 年手术到 2017 年年底张木胜去世，整整 14 年时间，张小军承担着持续治疗的费用。从 2008 年开始，国家实行农村合作医疗制度，对参加合作医疗的农户进行看病报销，这极大地减轻了张小军和赵燕的经济压力。

其实从 2013 年开始，陕西农村合作医疗保险报销制度就已经很规范了。到了 2015 年夏天，大概 7 月份中旬的一天，张天凤拿着单据去党木医院给张木胜报销。办事窗口的医院职员蒋巧丽对张天凤说："姨，你不可不敢骗医保！犯法哩！"

张天凤一头雾水，说道："看这娃说的，我可不敢。"

蒋巧丽说话口无遮拦，继续对张天凤说："我听医院的朱大夫说，我叔癌症开刀都十几年了，还没死？姨你可不敢骗保。"

"看这娃，"张天凤无奈地说，"是这，不说了，我现在把电摩骑回去，一会儿开辆电三轮把你叔拉来！"

说完张天凤就回去了。党木医院到孝通街，骑上电动摩托也就是单程十来分钟的时间。大概 40 多分钟后，张天凤开辆电动三轮车，把张木胜拉到医院办事窗口，给蒋巧丽说："你叔拉来了，你看看是真的是假的。"

和蒋巧丽同时在办事窗口工作的老职工董顺利看到张天凤用电动三轮拉着张木胜，就热情地打招呼说："姨，天这么热你咋把我叔拉来了？办手续你一个来不就行了么？"

张天凤说："刚你不在，这窗口新来这娃，说姨骗医保哩，担心你叔死了，姨拿着材料骗医保。"

"娃刚来。"董顺利对张天凤说，然后对三轮车上的张木胜打招呼，张木胜也回了话。

等张天凤交好材料，开着电动三轮拉张木胜离开后，董顺利就跟蒋巧丽说："巧丽，以后说话可不敢这样说！这是诅咒人死哩！碰上年纪轻脾气差的，人家都能用砖头把咱医院的玻璃砸了！"

"哦，"蒋巧丽说，"我是看着张木胜胃癌都十几年了，还在报销医保，担心骗保，就提醒了下。这个病人，确实是胃癌手术十几年了吗？"

"对着哩，"董顺利说，"那老汉现在还能自己骑电摩到处转呢。"

"这得多少钱养这病？一般人不就是三五年就死了吗，许多人是看不起病，买不起维持的药。这家人家是干啥的呢？这合作医疗才几年，从 2004 年开到合作医疗之前这些年，可都是全自费。"蒋巧丽说道。

"这家人之前也穷得叮当响。刚你看三轮车上这个老汉木胜叔，一辈子下苦当土工的，啥手艺都学不会，但儿子上了大学，先是在江苏的法院当法官，后来说是去了上海，主要是这个儿子拿钱供的。"董顺利回答道，"木胜叔的儿子和咱们医院焦副院长还是同学哩。"

“知道了，以后我说话注意。”蒋巧丽无奈地说道。

蒋巧丽医科中专毕业，刚刚参加工作，只是好心提醒张天凤，并没有要诅咒谁死的意思。语言是一门艺术，说的人是一个意思，听的人理解的未必就是说话人的意思，这种事情很多。“还没死”这话，在关中方言中，常常被理解为希望人家死掉。一旦被理解为这种意思，双方就立刻从意识形态上产生了对立和直接的敌意，后面的沟通就可想而知了。但张天凤已经是60多岁的人了，她没有和这个刚刚工作、还不到20岁的女子计较。她的社会经验告诉她，这女子不是坏心，就是刚刚从学校出来，不太会说话，特别是对农村乡镇的这些乡土人情和沟通交往的方式方法缺乏经验。

在这个阶段，整个国家和社会的环境也越来越好。

2005年年底，因为巨大的经济压力，张小军春节没回老家。但电话中，张天凤说：“国家政策现在越来越好。大队通知了，说从2006年开始，农业税免除了。几千年农民交皇粮的事现在不用缴纳了。这是好政策，对农民好。”

“好事么，”张小军说，“这个月的钱已经汇到党木邮局了，这两天你去党木的时候取下。”从2004年开始，张小军每个月要设法通过邮局汇1500元钱回去，不然就不能继续父亲手术后期治疗和维持生活。2004年刚来上海的时候，张小军就两千多元钱的工资，若不是每月兼职的1000多元，他无法完成这个任务。

但是他凭着兼职和工资还是完成了，还很好地完成了。若继续在法院工作，每个月起码有七八百元的缺口，对完全靠自费支付治疗费用的农民来说，每月七八百元的净支出意味着什么，这只有穷过的人，被大病折磨得贫苦过的人，才有深刻体会。

刚到上海的工作是波动的，生活是辛苦的。但张小军从来没有让张天凤感受到他奋斗的辛苦。生活的巨大压力迫使他日夜勤奋，在合法守法的框架下，在既有资源几乎一无所有的情况下，艰难维持。这种艰难在上海起码经过三年的拼搏，方才慢慢地有了一定的基础。张天凤以为上海挣钱很容易，其实只是张小军没有让她感受到这种压力罢了。在张木胜去世后的一年多，张天凤来到上海，和赵燕的父母一起帮赵燕和张小军带他们的第二个儿子张小强的时候，张天凤曾多次向亲家母杨萍抱怨说：“他大病了十几年，小军总共就回去看过两三回！”

杨萍听不下去了，就反驳张天凤说：“你是不知道你儿子在上海挣钱多辛苦。他一天不上班，就没有钱寄回老家给他父亲看病。要是没有钱，就是他天天坐在他父亲身边，能看病么？医院给治疗么？你儿子只是不让你知道他的辛苦。作为家长，你应当理解理解儿子，我们都是做父母的人，不能这样。”

张天凤便不再作声。

“你这次来带孙子，也一年多了，你看看你儿子天天早出晚归，辛苦不辛苦。”杨萍继续对张天凤说道。

“他年轻，就该苦干。”张天凤理直气壮地说道。

“你儿子已经四十几岁了，血糖那么高，经常眼睛痛。作为家长，你关心过没有？”

杨萍直接问张天凤。

“我把他供到大学毕业就完成任务了。”张天凤继续理直气壮地回答道。

“有儿子的人多了去了，人家儿子大学毕业了，父母还要考虑给儿子买房子呢。”杨萍说道。

“买房子是他自己的事，”张天凤说，“我没这能力。”

“你想小军父亲一病就是十三四年，天天吃药，月月花钱，小军月月邮寄钱，他拿什么钱买房子啊？这是当家长的应当为子女考虑的。你看你儿子都 40 多岁了，还住在岳父母家里，你做家长的，看不到么？”杨萍说道。

“小军和赵燕不是在市中心徐汇区买了一套房子出租么？”张天凤反驳道。

“买那套 60 平方米的小房子，首付 100 万元全部是我和赵燕他爸的积蓄借给他们的，不然他们哪里来的钱支付首付啊！你儿子打的欠条还在我们这儿呢，一年一年慢慢地还账呢。”

杨萍对张天凤这种“责任只到大学毕业即可”的态度和认识，不能认同。

“你们就一个女儿，一个女婿，最后还不都是他们的？”张天凤对杨萍说道。

“两回事，”杨萍说，“我们百年之后，该怎样就怎样，我们现在在世，经济问题还是弄清楚的好。他们两个养大儿子张大强的时候，小军父亲有病，你要照顾，他们的大儿子是我一手带大的。我们做父母的，能帮到子女多少，就帮到多少。”

杨萍最初坚决反对女儿赵燕找一个农村出来的凤凰男结婚，并且，还是西部落后地区的农村。但是在女儿坚决坚持之后，杨萍也接受了这个事实。杨萍对女儿说：“你自己选的，你自己承受。这就是命。”

赵燕在结婚的前十年，从来都是维护张小军的。从 2014 年之后，赵燕的态度逐渐发生了一些变化。因为张天凤凡事都想着问儿子要钱。赵燕对张小军说：

“你们老家，无论什么事情，都要问我们要钱，每年，以治病带日常的理由要钱，平均都要五六万元。我们自己也要生活。我们徐汇区的房子首付还欠我爸妈 80 万元，也要还。现在你们老家也有住院报销，为什么每次你还是全款汇回去？”

事实上，2006 年国家取消了农业税，减轻了农民负担。2008 年开始，陕西农村试点农村合作医疗保险，在乡镇医院看病住院，报销 95%；在县城医院住院看病，报销 75%；在渭南西安大医院看病，报销 55%；如果使用医保外的进口药品，或住进 ICU 病房的话，实际扣除后报销额在 30% 左右。农村医疗合作保险大大解决了农民一病返贫的问题，以保险制度的方式，减轻了许多家庭的负担。比如在 2008 年之前，张木胜的所有治疗，都是全自费，全部依靠张小军的汇款。2009 年之后，如果到党木医院住院，如先垫付缴费 3000 元，住院符合规定的，可以报销 95%。这种医疗保险制度，大大减轻了张小军的经济压力，也缓解了张小军和赵燕的夫妻矛盾，关键就是一方的父母不断照顾和帮助这个小两口，而另一方的家长，除了要钱，就是要钱。这是两个阶层的冲突，更核心的是意识冲突。对赵燕这样城市干部家庭出身的姑娘来说，她们的父母都是这样照顾子女的，大学毕业后帮子女买房，再帮子女带小孩，所有人都这样做。相反，在农村，农民阶级的特性决定了大家都把养儿和要求子女回报作为天经地义的事。村里的陈香草经常给张天凤说："你壮得很！木胜哥病了十几年，癌症手术后快 15 年了，要不是儿子有钱,早埋到地里了！反正有事就找儿子要钱,啥事情都解决了。"

经过近 20 年的经济发展，阶层的新秩序基本稳定下来，类似 20 年前这种凤凰男、凤凰女的婚姻冲突和婚姻架构，在今后将会作为一个特定阶段的婚姻家庭形式渐渐消亡。过去我们批判了很久的"门当户对"，经过社会实践和残酷的家庭冲突、经济分配斗争、夫妻矛盾、亲戚争吵之后，发现仍然是正确的。

2010 年开始，我国农村逐渐普及了 60 周岁以上农民的养老金制度。张木胜从 2010 年之后，每月都能从国家领取的养老金，从 60 元钱逐渐上涨到 80 元钱，这是每个月的金额。到 2019 年的时候，张天凤的养老金每月已经能够领取 130 元钱了。不仅如此，合作医疗的报销制度，已经成为固定的制度，极大减轻了农民的负担，也减轻了从这种家庭走出的凤凰男、凤凰女及他们各自的小家庭的负担，减轻了小家庭夫妻的冲突，增加了家庭和谐，有利于社会稳定。

因此，2014 年之后，赵燕的主要不满在于，既然国家的制度好了，农民有了合作医疗报销，也每月都有养老金，那么张天凤每月要钱是否可以考虑考虑张小军的家庭了。有时张天凤坚持自己的观点，杨萍就会对张天凤说："你有没有考虑你儿子 2004 年来到上海，为什么 2005 年领了结婚证，直到 2011 年才要小孩？他妹妹 2004 年就养小孩了，他为什么到 2011 年才养？你替儿子考虑过吗？"

这种情况下，张天凤便说："那是他的事。我供他念完大学任务就完成了。"

杨萍和赵勇经常讨论，说天下难得见这样的家长，对儿子的具体困难不管，只知道要钱。赵勇说，这不是个案，这是整个国家特殊时期一个阶层的共性。赵勇对杨萍说："你想想看，人家一个儿子，辛辛苦苦供完大学，留在城里，和我们生活了。人家生病或有困难的，儿子这么远，人家心里怎么想。人家要点钱，是能理解的。”

赵勇毕竟是从机关单位处级领导干部位置上退下来的，见识和思维还是有一定高度的，能从辩证法的角度去分析和看待具体问题。

是的，从年轻时的相爱，到十四五年的相伴，婚姻是一个资源配置的过程，是两个家族的资源结合，不是两个年轻人的事。赵燕没有后悔过自己的选择，但她十多年后能理解母亲当初的反对是为了让自己少吃苦。好比杨萍早年就说过的，碰上这样的家庭，简直就是碰上了一个拖油瓶，碰上了一个无底洞。但赵燕坚持扛了过来。从 2004 年结婚，到 2017 年公公张木胜去世，每月的汇钱，加上病情突然严重一两周几万元钱的费用，她都和张小军一起扛过来了。

没有什么了不起，赵燕对自己说，世界上哪有十全十美的事情。赵燕看中的是张小军。张小军除了家庭出身和这种落后家庭固有的一些生活习惯之外，没有什么不好。他顾家，一心一意工作，十多年来每天都是早上五六点出门，晚上八九点回来，收入水平也从一个月两千多元逐步上升到每年六七十万元到一两百万元的水平，确实不容易。张小军烟酒不沾，没有不良嗜好，成天脑子里想的就是如何给两个儿子创造更好的环境，因为他穷怕了。过日子就这么回事情，没病没灾的，就蛮好。赵燕自己也从物业前台一路做到知名物业集团的管理总监，年收入也在二三十万元到三四十万元之间，工作相对稳定。赵燕感觉知足了。

过日子嘛，哪有像电视里和电影里，天天血雨腥风，天天惊心动魄的。生活就像白开水，时间长了，平淡才是真。

“国家是越来越好了，”张小军经常对赵燕说，“想想，从我父亲患癌症开刀的 2004 年开始，到 2006 年取消农业税，到 2008 年开始农村合作医疗住院报销，到 2010 年开始 60 周岁以上农民每月能领到 60 元钱养老金，再到 2019 年我母亲每月能拿到 130 元钱养老金，对一个十几亿人口的大国，这是多么伟大的进步。要不是国家制度的帮助，我们这个家庭不知道要多吵架多少次，不知道要为给我老家钱的事多闹事多少回。感谢这个时代。”

“是的，”赵燕同意张小军的观点，“这是客观进步。不过今后，像我们这样的家庭结构，恐怕不会再出现了。现在因为新的具体情况，新的秩序正在形成，像二三十年前特殊的社会改革时期特殊的婚姻结合现象，会渐渐消亡。今后会有新的门当户对。”

赵燕说的特殊时期婚姻结合，就是十多年前非常有争议的“凤凰男”“凤凰女”模式的婚姻。婚姻一方是城市出身，另一方是农村出身，通过读大学改变身份后，组成新的家庭。这样的家庭的矛盾冲突关键点就是农村出身的一方农村亲戚多，经常发生家庭争论。

第十四章　不舍卤阳湖

在魏新峰书记的持续推动和各级领导的支持下，2008 年经过陕西省委省政府批准，卤阳湖现代产业开发区成立。这个开发区直属渭南市直辖，不归蒲城县管，也不归富平县管，更不归白水县管。目前卤阳湖国家湿地公园是 4A 级景区，去过的人们都知道那里有百米大道，现在还在持续修建中。据说现在的目标是持续建设，争取把卤阳湖的湖水和渭河的水修渠连通，变成活水。这是一个巨大的工程，从卤阳湖到渭河，50 公里的距离是有的，这么长的距离，修建的工程量、需要的资金量，都是现实的问题。但这是好事。

“关中文化的精髓，还在渭河平原。渭河平原是渭北高原最关键的部分，”魏新峰在管委会招商引资内部会议上说道，“作家陈忠实写了一部小说《白鹿原》，拍了一部电影，把华阴的皮影戏和华阴老腔拿到电影上去，引起了巨大的反响，到白鹿原去旅游的人数量暴涨。其实华阴市是我们渭南的，你们大家说是不是？我们现在的问题是，卤阳湖国家湿地公园还没有宣传出去，没有陈忠实那样的一个本地人写关于卤阳湖的作品，所以对招商引资，对人口，对游客数量，进而对开发区经济发展，都形成瓶颈。”

“那我们寻个人写，”管委会副主任孙戈说，“给点钱。”

“人家要是为了钱给咱们当枪手，弄不成，”魏新峰说，“要有真正热爱这土地的人，发自内心地写，才可能出好的作品。这就是总书记说的，初心很重要。如果有个人，能发自内心，愿意宣传并是无条件地宣传这美丽的家乡和土地，并具有驾驭文字和写作的能力，在全国乃至全球范围内，让人们能知道卤阳湖，这事说不定就大成了。并且我们不会比白鹿原差，电影上的老腔，是我们渭南的。”

是的，中国的旅游市场潜力实在是太大了。截至 2018 年统计，全中国有登记在册的 14 亿多人口，受过大学教育的人口达不到人口总数的 5%，算上没户口的，这个比例更低。全国坐过飞机的人数，达不到全国人口总数的 10%。这个国家有太多的内需潜力可以挖掘，有太多的人想到大家都知道的地方去看看，去玩玩。但是，如何树立品牌，如何运营，如何增加口碑传播，这都是专业的体系，需要像迪士尼那样的运营团队。卤阳湖管委会成立后，魏新峰书记就没有停止过学习和组织大家学习。卤阳湖现代产业开发区是个有远见的大手笔，是个可以长期发展的事业，是利国利民的。

2008 年 3 月，赵燕和张小军在上海举行了婚礼。2008 年年底，赵燕第一次来到了张小军的老家，距离卤阳湖六公里的孝通街。他们这次回来，主要是在老家举行个结婚仪式。赵燕从来没有来过农村，举行结婚仪式后，从大年三十晚上回到张小军农村老家，到大年初二下午开车离开，赵燕一直没有上厕所。等大年初二下午到了西安市，住进了锦江之星酒店，赵燕才上厕所，从厕所出来，赵燕说了一句：“爽死了。”

张小军问赵燕，为什么从大年三十晚上到大年初二下午，一直不上厕所？赵燕说，真的不习惯，从小用惯了抽水马桶，没见过农村在后院盖个两平方米的茅草房，里面挖个土坑坑，看了就完全不想上了，所以就一直憋着，憋到酒店。

“农村真穷，”住进酒店后，杨萍一边和大家喝茶，一边说，“我们上海，小孩结婚亲戚们一般关系近的红包都 1000 元，稍微远点的亲戚或同事朋友，一般都500元。昨天我看了他们村的红包，最近的亲戚，也就给100元钱，一般村里人，有50元的，有20元的，有10元钱的。经济水平的差距，还是比较大的。”

“你也没来过农村，”赵勇给杨萍说，“我们单位我的驾驶员刘东东，他老家是河南农村的，有一次我们去开封出差，顺道去他老家看了看，那都是土房子，进去后牛和人在一个屋子里住着。苏州和上海，也是全国最发达的地方，所以你们不了解全国各地发展的差距。”

“我们也第一次来西安，”赵燕说，“明后天，到处转转吧。”

大年初三晚上大家回到酒店，在餐厅吃饭的时候，杨萍很惊奇地说：“西安城市好小，从城南到城北，出租车车费才二十几元钱。”

赵燕和张小军则去了陕西历史博物馆、钟鼓楼等地方看了看。赵勇在酒店休息，他经常全国各地出差，各地城市基本都去过，所以他重点是休息和看电视。

“明天还想去哪里看，还是直接回上海？”赵勇吃饭的时候问。

“爸爸，去兵马俑看看吧，”赵燕说，“明天一早去兵马俑看看，下午直接上高速回上海，这样大年初五就能到上海了。”

“好。”赵勇回答道。

听说了张小军回家举行结婚仪式的消息，刘天臣和王菊花有种说不上来的感觉。刚好程洋娃参加了婚礼。大年初三，程洋娃到刘家村给亲戚出门，就到刘天臣家去坐了坐。

“街里外娃办结婚酒席了？”刘天臣问。

“对。”程洋娃吸了一口烟，回答道。

“媳妇是什么地方人？”刘天臣问。

“说是上海的，城里人，个子高得很！”

大年初四中午，刘玲经过一路奔波，回到了故乡。下午，她听母亲王菊花说了张小军回家办酒席的消息，没有说话。王菊花问刘玲：

“你这工作都四五年了，该寻对象结婚哩！现在单位上有没有合适的？”

“有，平时工作忙，现在正在接触，估计就这一两年结婚吧。”刘玲回答道。

其实从 2004 年张木胜被诊断患胃癌后，张小军和刘玲两个人再也没有互相联系过。这种情况是相当微妙的，因为所有的东西都无法承受现实磨难的测量和考验。大年初五下午，刘玲一个人沿着卤阳湖，走了很久很久，阳光明媚，但寒风刺骨。这个在距离卤阳湖六七百米的刘家村长大的姑娘，现在在几千里之外的新疆吐哈，书写着自己的人生。她也常常反思自己的抉择，是对是错，她不清楚。

刘天臣很高兴女儿过年回来，他对村里人说，石油上伙食好得很！听女子说在石油基地，一两元钱就能吃到外面八元十元钱的东西，单位上有补贴哩。

大年初六，刘玲骑自行车到孝通街亲戚家去出门。路过张小军家后门，她的内心泛起阵阵涟漪。有十多年的时间，每年放假，她都骑自行车来这里，也聊过，但最终因为读书、工作、就业各种外在条件和环境变量的影响，她和张小军各走各的路。

有个伟大的哲学家说过：过去的就让它过去吧。生活和时间都不可以倒流，人们最应当珍惜的，还是当下，也只有懂得珍惜当下，才能懂得活着的意义。在家乡待了几天，大年初九，刘玲就启程回新疆了。因为她在吐哈正和一个石油化工研究院的工程师林兵谈对象，对方家就在甘肃武威。她在正月十五之前，要到对方家里去。刘玲计划着，到明年结婚前，带林兵到老家和父母见面。

正月十二上午，刘玲和林兵到了林兵老家。林兵父母亲都是武威市人民医院的医生，父亲林奋斗是医院副院长，母亲郭秀秀是妇科主任。林兵父母见面后，对刘玲很满意，当场包了 5000 元钱红包当见面礼。刘玲推辞不要，郭秀秀再三坚持，刘玲就交给林兵拿着了。

“我们还年轻着哩，”郭秀秀在吃饭的时候跟刘玲说，“你们抓紧结婚，我给你们带娃。”

“妈，人家刘玲第一次上门见面，你咋说这？”林兵对郭秀秀说。

“哦，”郭秀秀说，“太高兴了。”

对刘玲来说，林兵是一个合适的结婚对象，家庭背景不错，父母工作不错，起码林兵的父母退休了都有退休金，不用他们养老，这样就没有了后顾之忧。不但如此，林兵的父母还可以补贴他们。晚上吃饭的时候郭秀秀明确表示了，无论是在乌鲁木齐还是在武威，只要他们两个定了居住城市，郭秀秀和林奋斗就立刻帮他们买一套房子并装修好，还不让他们还贷款。

对林兵来说，刘玲也很合适，研究生的学历，进行石油化工研究，身高、长相各方面还都不错，人也不是那种心眼非常多的女人，更不是搬弄是非的女人，过日子踏实。

可能许多人的婚姻，在该结婚的年龄，都是这样“看条件”地确定了。就这样大部分人过了一辈子。这也是社会稳定的重要力量。世界上哪来那么多轰轰烈烈的、惊天动地的爱情呢？正是因为稀缺，所以才经常被电视、电影、小说所描述，被人们所传播。人们生活中实际面临的都是油盐酱醋，东家长西家短，如此而已。

到了晚上，郭秀秀问林兵：“你们晚上怎么睡？”

郭秀秀的意思很明确，你们两个是不是已经发展到可以睡在一张床上了，这决定郭秀秀要准备几个房间。

“这不用问兵兵，”林奋斗说，“还没领证，第一次上门，各准备一个房间。”

晚上吃好晚饭，洗完澡，林奋斗两口子就回他们卧室了。这是一个三居室。郭秀秀给两个青年各准备了一个房间。

刚刚躺下，刘玲就听到敲门，林兵问可以进来吗，刘玲说进来吧。

林兵一进来就关上门，直接上床钻进刘玲被窝。

“不要这样，”刘玲对林兵说，“回你房间吧，等领了证，我们再在一起。”

“不，”林兵说，“看单位里谈对象的，早都在外面同居了，像隔壁办公室的岳丽丽，都是同居怀孕了才领证办酒的。”说完，林兵就扑了上来，在刘玲脸上亲了一口。

“林兵，你再这样我就生气了，”刘玲说，“你回自己房间吧，明天我们还要赶路呢。”

"好吧。"林兵坚持了两次，看刘玲态度坚决，就回自己房间了。

郭秀秀和林奋斗也没睡。郭秀秀对林奋斗说："这都啥年代了，还这么保守？他们两个既然奔着结婚去的，住在一起不行吗？"

"不行，"林奋斗说，"我们有了一定的年龄了，做事要有尺度和分寸。"

林兵和刘玲在正月十三晚上到了吐哈，各自回了宿舍。林兵带了一些特产，给单位同事和领导。领导知道了林兵和刘玲一起回林兵家的事，就说："你们都不小了，都快30了，抓紧结婚养小孩，年龄再大的话，就高龄了。"

2009年，刘玲和林兵结婚，2012年生下了一个男孩取名林爱国。这个男孩比张小军和赵燕的长子张大强小一岁。在这样的格局和个人置身于时代发展的过程中，已经截然没有高加林和刘巧珍般的道德评判，也没有了孙少平和田晓霞般的必须一个发生灾难死掉的冲突。我们回头看看当年作家路遥笔下的人物，如果田晓霞没有死，那么她可能和孙少平结婚吗？

2012年，魏文军的儿子魏晓阳已经12岁了，天天和村子里的小男孩们一起，骑自行车不用双手。一群小孩骑自行车从孝通街骑上6公里骑到卤阳湖，玩上一圈再骑回来。魏文军则一直在老家附近几个村当泥水匠，一天零工能挣到80元钱，还有一包香烟。

蒋军军的大女儿蒋玉娟也12岁，念五年级。蒋军军总说："我这女子念书念不动。"

2019年，魏文军的儿子魏晓阳高考落榜。魏文军希望儿子补习再上大学，但魏晓阳说不想补习了，想去学健身，学费一万五千元，学制三个月，毕业就能工作，每月工资3000元。魏文军和张小军说这事情的时候，张小军劝魏文军，还是能让娃读书出去最好。但最终，魏文军并没有劝住儿子。魏晓阳还是去学健身了，想当个健身教练。这个十八九岁的青年人，一直都在学校念书，脑子里根本没有社会阶层的概念，也不明白他这个决策对未来的影响。

同样的2019年，蒋军军的女儿蒋玉娟上了职高，学服装设计。蒋军军希望蒋玉娟学理发。蒋军军对女儿说："你学个理发，职高毕业了，爸给你在蒲城县买一套房，你开个理发馆，爸再给你招一个上门女婿，这样也能过日子。”

蒋军军给张小军说，现在招上门女婿的话，男方也要带十万元钱。蒋军军又说，让男方带十万元钱，他就会有压力，就好好过，不然他沉不下心，两个小青年一吵架，就容易跑，人跑了，就很麻烦。压十万元钱，就能制约他跑。现在招女婿和过去不一样了，社会变了。

蒋军军说，他准备再跑几年长途车，除了在蒲城买套房，给女儿开个理发馆，招个女婿成个家，自己不开车后，开个小吃店，卖个肉夹馍、凉皮啥的。毕竟再过几年自己就逼近50岁了，体力已经不能像年轻时那样了，必须为后面的路做准备了。

2019年11月，张小军从上海到河南平顶山出差。平时出差，都是以坐飞机和高铁为主，这次因为特殊，张小军就开自己家里的轿车去了。张小军开着自己的奥迪A6L轿车，办完事后，从平顶山又开了四百五十公里，开到了老家。张小军电话中对张天凤说：“我估计11月14日下午三点半到家，次日上午去西安，开车捎带你到妹妹家，西安城里11月15日供暖气，你就在妹妹家过冬，这样对身体好。”

次日早上，张小军和张天凤七点多起床，开车到卤阳湖看了一圈，然后到蔺店吃了水盆羊肉，就上了渭蒲高速，不到一个小时，就到了张小叶西安东郊的家。安置好了张天凤，下午两点多，张小军就开车离开了妹妹家，离开了西安，沿着连霍高速，向上海的方向开去。

第十五章　风雨同舟

2004 年年底张小军到上海后，开始了他在上海奋斗和生活的历史。从历史哲学的角度分析，个人的成败，与所在的环境之间，有相互作用的辩证关系。面对波澜壮阔的社会和高速发展变化的生活，作为个体，人必须适应和面对。

加入甘龙的公司之后，张小军主要协助甘龙做一些管理工作，当然也陪同甘龙谈些客户，顺便也当了兼职的法务和风控。共事两三周之后，张小军逐渐得知了甘龙的一些信息：妻子是重庆人，两人是大学同学，夫妻感情一般，有一个女儿，读初中。

甘龙是张小军来上海过渡的第一个公司老板，后来双方不合作后，两人也保持着密切联系，一直到 2013 年夏天甘龙得了肝癌去世。甘龙的事业心极强，从一百多人的小工厂出发，想构建一个研磨设备和化工设备的亚洲生产基地，营销的视野面向全球市场，可惜天不假年，得肝癌也是过于劳累所导致的。

甘龙去世的前半年，张小军和赵燕还一起去看望过他。甘龙那时候已经因为患癌症化疗，头发全部脱落，变成了光头。他在办公室里抄写佛经《心经》。

甘龙是用小毛笔写在宣纸上的，写得整整齐齐。

张小军问："您这是修心，想静下来吗？"

"小军啊，还是你了解我，"甘龙说道，"是的，想静下来。"

但最终上苍还是无情地召唤他先行离去了。他去世的时候，只有43岁，女儿刚刚准备出国留学。他死在了上海，这个让他为之奋斗的地方。死后火化，骨灰送回安徽老家，埋在他父亲的坟墓旁边。

甘龙说过，他17岁的时候，他的父亲就去世了。那时他刚上高三。后来他考上大专，毕业后去滁州的一个冰箱厂当销售员，然后再到上海，一步一步走过来，就像做梦一样。张小军在2012年与甘龙见面的时候，甘龙的病还没有查出来，仍是意气风发。但肝癌这种病，一旦确认，也就是几个月的时间。2012年两人再见面的时候，甘龙已经把办公室从锦城大厦搬迁到机电大厦了，这两个大厦都距离闸北火车站很近，符合过去机械设备行业集中的特点。见面时，两人到机电大厦对面的长城饭店吃饭，张小军问甘龙："您看我这一年变化如何？"

"我看看，"甘龙一边走路，一边看着张小军，然后又看了看，说了四个字，"涛声依旧。"

甘龙说，张小军没有什么大的变化。甘龙问张小军，怎么看自己。张小军说："总体上，您还是个走正道的人。至于养小三，这叫白玉微瑕。对了，您之前那个小三，现在还联系吗？"

"没有了，"甘龙说，"2007年年底，她说快24岁了，要回老家结婚，我就说好，给了5000元钱，之后就再也没有联系过。"

"断了好，"张小军说，"人这一生，名利钱财，生不带来死不带去，但我们行善积德的善，和我们作孽的恶，都是我们的业力，善恶自有因果。这些习气，可能影响我们的健康、寿命。您断了这事，好，好。"

"小军啊，"甘龙善意地微笑道，"能让你连续说两个'好'，不简单。"

"对了，您让我介绍寻找一个制造生产基地，我给您介绍我们渭南卤阳湖产业开发区的项目，对接的进度怎样了？"2011年夏天，甘龙想寻找一个产业园，做亚洲生产基地，张小军就帮他介绍了卤阳湖开发区，请他去看看，并介绍了当地招商办的经理杜忠全。杜忠全三十五六岁，是地道的渭南人。杜忠全的弟弟和张小军是高中同学，因此大家认识。杜忠全也有招商任务，就这么介绍了。

“别提了，”甘龙很无奈地说道，“那地方我去看了几回，每次到渭南火车站下火车，招商办那个杜经理，就带我先去吃水盆羊肉，然后带我去洗头店洗头。每次都是，吃水盆羊肉 15 元钱，洗头 15 元钱，我现在想起来每次都要洗头，我就浑身起鸡皮疙瘩。杜经理说洗头能缓解疲劳。你们那个开发区，我看了，三个问题。一是财税政策和入住企业优惠政策问题，其他各地工业园招商，对房租、税收等都是免二减三。前两年全免，后面三年减半收取。你们的政策这方面做不到，这对作为生产基地的投资方来说，是成本考量和投入考量的关键点。二是交通运输和电力供应的保障，我们生产基地的定位是面向亚洲的，年产值都两三个亿起步的，你们当地的电力供应，还是不行。还有交通也不行，我坐着你们管委会的桑塔纳轿车，从渭南到那陈庄，走的是渭清公路，一路坑坑洼洼，交通配套确实是问题。第三个问题就是劳动力问题和企业营商环境问题。我见了两次你们市委的魏新峰书记，那个书记是个想干事的实干家，但他一个人难以保证营商环境，万一他调走，后面就很难说。”

“啥时可以考虑呢？”张小军问道。

“等基础建设配套环境和政策具备了，可以考虑。”甘龙说，“我也打听过几个在你们那里投资得比较好的几家，都是省政府直辖的国企，民营企业外地的目前还没有敢投资的，就是担心一旦投资到位后，被管委会套牢，吃拿卡要。你们那个地方穷，越穷的地方，官员的服务意识越差，许多企业都是这样被弄得干不成事的。我们老家有个企业家，50 多岁了，被河南一个县招商办的忽悠去投资，两千多万元投入进去后，发现上当了，后来当地这样那样的要求，弄得没法经营，这两千多万元是这个企业家所有的家当，非常难受。”

“那就再等等，”张小军说，“现在应当越来越好了，人也越来越富，政府服务意识越来越强，总归是要发展的。那就再等等看。”

结果没有等到一年半，突如其来的肝癌，就让上天收走了甘龙。

卤阳湖现代产业开发区在魏新峰书记的力推和省委省政府的支持下，每年都有新的改进，包括服务的标准，基础配套条件的改进。截至2019年，渭蒲高速公路、渭清公路扩建等都全部完成，配套的交通已经能满足产业链经济发展的基本要求，电力保证方面，通过增加高压变压器节点等，工业生产用电得到了保证。财税政策持续优化，招商宣传在全国持续推进。事情总是在向积极的方向持续地发展着。

张小军认为，甘龙总体上属于草根出身的微小企业老板。甘龙从安徽潜山县的贫苦农民家庭走出来，17岁的时候父亲就去世，凭借努力读书考上了省内一个极为普通的三流大专，毕业后没有什么关系不能进机关单位，只能依靠自己去滁州给知名的冰箱品牌做销售。销售工作锻炼了他，也给了他从滁州到上海的跳板。到上海后通过几年努力，自己另立门户，确实不容易。在这个过程中，各种利益冲突、家庭争吵、行业变化、营销推广，种种事情，他都必须亲力亲为。甘龙的母亲是一个普通的农村妇女，一直生活在农村老家。2012年见面的时候，甘龙说，他母亲已经开始有点老年痴呆了，但还能自理。他本来计划再过一两年把母亲的养老问题提上日程的，结果他却走在了母亲前面，白发人送黑发人，也是悲剧。

2007年结束了和甘龙的工作合作后，张小军进入金融行业，从事银行同业、结构存款、融资租赁、贷款咨询、票据应收账款融资等框架内合法的业务，和几个合伙人王来财、李飞、孙永奎一起创业，成立了投资和金融信息服务公司，维持生存，发展客户，倒也能相对宽裕地生活。到2013年9月，上海自贸区试点成立，四个合伙人就业务发展方向产生了冲突。张小军是法律出身，熟悉国家金融法律和刑事法律，坚持不做违法的事。王来财反对张小军的胆小谨慎，王来财说："国家成立上海自贸区，鼓励万众创业，支持互联网金融，这是大好机会。不抓住这个窗口期圈钱，那是傻子！老百姓懂什么，只要稍微给点高利息诱惑，就肯投钱了。"

"我反对，"张小军旗帜鲜明地说道，"国家给政策的目的是正向的，我们读过书，又有一定的教育背景，不能做歪嘴和尚瞎念经的事。群众挣点钱不容易，圈钱就是庞氏骗局，迟早暴露出事，接受法律惩罚。”

“我那个大专毕业证是假的，”王来财说，“我其实在东北乡村中学只念到初二。你说的法律那些，我不懂。我只知道，现在所有蠢蠢欲动的，都是想用政策空隙圈钱的，借新还旧。不弄白不弄。我们不圈钱，多得是圈钱的人。我们不骗群众，骗群众的多得是。”

“那就表决，”张小军说，“我不想干这亏心的事。金融行业是乱，信托做通道，银行做影子，骗钱用网络，这些都是局部的，不是全局的。我也不想利用国家好的出发点，来做浑水摸鱼的事情。这个社会，只要你做过，迟早是要还的。”

表决的结果是，王来财、李飞支持利用窗口期搞个网络借贷平台，弄一把；张小军、孙永奎反对这种高风险操作，还是坚持和银行进行规范助贷合作。于是，2013 年 12 月，这个合作了六年的股东群，在新的政策机遇面前，做了不同的选择，走向了不同的道路。

王来财和李飞成立了两个平台，互相拆借，互相招聘业务员拉投资人网络投资。从 2014 年 3 月开始，到 2015 年 9 月，王来财发现和他一样想圈钱的人越来越多，导致获客成本高达 1000 多元钱，当月已经无法支付，便找李飞商量。李飞说:“找投资人，拉一些人站台，继续搞。”

李飞从江西老乡会上认识了在上海高校当教授的江西老乡郑泰来，一个 50 多岁的教授，教授在 MBA 课堂教金融，又拉了几个企业家，总共筹集了一千万元，投给李飞。李飞承诺月息 2 分，就是年化 24%。过了半年，郑教授看收益稳定，就把自己 80 多岁父母的养老钱 200 万元和自己前妻的存款 300 万元也都投给了李飞。后来郑教授又组织了六七百万元投给李飞。郑教授根本不知道，他每月收到的 24% 的年化利息，都是从他的本金中支付的。

到了 2017 年 6 月，在坚持兑付了 15 个月后，李飞拿不出钱兑付了。于是李飞和王来财开始找社会上的小贷公司，说白了就是高利贷，进行塞窟窿，借来的高利贷月息高达 6 分，也就是年化 72%。高利贷放贷者也很聪明，法律文书上写的都是 24%，证据链条很严密。

一直到 2018 年 11 月，郑教授联合几个投资人以合同诈骗到经侦

803报案，李飞和王来财才承认，其实一直都没有业务收入，之前支付的所有利息都是从本金中拿出来的，再后来就是拆东墙补西墙，一直到扛不住。经侦803立了案，征求郑教授等人的意见，是直接拘留，还是给取保候审？郑教授说，抓人是手段，还钱是目的。你们直接给抓了，两千多万元怎么办？

“走这条路，后悔吗？”王来财问李飞。

“已经这样了，说什么都晚了，”李飞说，“还钱肯定是暂时还不了的。再努力努力看，实在还不了，就是进去坐牢20年，也只能自己的责任自己扛了。”

同样在2019年秋季，一直坚持走正道的张小军、孙永奎在上海中心大厦被几个金融骗子以项目合作的名义骗了一把。但不得不承认，这些骗子是有一定的包装能力的。核心诈骗成员三人，一个是福建人，1981年出生，叫李天马；一个是沈阳人，皇姑屯区的，1984年出生，叫苏坤；一个是常州人，1967年生，叫陆大空。三人冒充有实力的机构，每人租赁了一辆车，陆大空租赁了一辆保时捷卡宴，苏坤租赁了一辆奔驰大G，李天马租赁了一辆保时捷帕拉梅拉。三人用租赁的车辆冒充富豪，在身份上进行虚假捏造。陆大空吹牛说自己是高校教授。李天马吹牛说自己资产过亿，加上办公室地点在上海中心大厦高层，这有极强的欺骗性和迷惑性，并且这个布局应当是事先精心策划好的。在上海中心大厦租赁办公室是要成本的，30~65层的每层物业费每年就要200万元，租赁费用每年每层在一两千万元人民币。这也是有成本的。从张小军、孙永奎签署协议带领团队进驻第二周起，先由李天马出面，说送股份。天上哪有掉馅饼的事？张小军和孙永奎说这是合同之外的，不考虑。再由李天马继续忽悠，说他们想购买宝山美兰湖的资产，包括高尔夫球场、医院、超市，说从中国民生投资集团手中购买。后来发现，全是骗局。骗了一个半月，碰上张小军和孙永奎不贪便宜又坚守正道，骗子们没有得逞，又继续下套骗后面的人了。张小军问孙永奎的意见，孙永奎说，起诉，要在启信宝、企查查等上，让人们都能查到他们骗人的痕迹，以防后面更多的人上当。

这几个骗子在陆家嘴的高楼大厦里行骗，被骗公司员工找劳动仲裁，找司法，找公安，都说这只能先是劳动纠纷，必须前置。在陆家嘴，这样的事情比比皆是，司空见惯。

“这几个是有预谋的骗子，”孙永奎说，“从一开始，他们就虚构事实，用租赁来的车包装自己，用虚假的项目粉饰，然后利诱送股份，表演得惟妙惟肖。可惜的是，这几个骗子碰上我们都不贪心，也让他们受累了。为了骗点投资款也不容易，租赁这些车，每天得支付租金吧？”

“不全是，”张小军对孙永奎说，“主要你是上海人，家里人都在公安司法机关工作，这对骗子们无形中是一个震慑。他们选择欺骗对象的时候，军人、政府公职人员、警察等，他们是回避的。而你这个身份相当于半个上海警察，他们应当有所忌讳。”

“要起诉他们，”孙永奎说，“要让所有人都能查到他们的欺骗失信痕迹。”

“你定吧，”张小军说，“都行。”

“有一个事情想不通，”孙永奎说，“和这三个骗子一起的那个女骗子，就是租赁奥迪 A8L 假装有钱的那个，自称北京的，自称在香港上过学的，明显就说谎，那气质一看就不是读过书有素质的，打眼一看就是骗子。但那个行政人事小姑娘，说跟你是老乡，也说是西安人的那个，看上去刚工作没几年，她怎么会跟着他们一起骗？她不知道这几个骗子的车都是租赁的吗？年纪轻轻不学好，你不是说你们西安人不骗吗？陕西人不骗吗？”

“哦，你说的是人事那个姑娘姜晓青吧，”张小军说，“我感觉这姑娘充其量是个帮凶，她年纪那么小。她父母不会允许她走诈骗道路的。我不认为这姑娘本性坏。如果她坚持走诈骗的路，那等待她的，就是铁窗和牢房。”

“我看那姜晓青小眼睛眨巴眨巴的，看上去就心术不正，不像好人。”孙永奎说道。

“我还是感觉她不是生下来就从事诈骗的，还是有改好的机会，毕竟年轻。”张小军对孙永奎说，“我们不争论。因果有报，我们争论也没有什么实质意义。你要考虑，他们从我们身上没有骗到钱，没有把我们拉下水，他们这次诈骗活动，经济上是不划算的，因此，他们内部必起争执。都不是什么走正道的人，这些人之间一定都有各自的小算盘，他们一定也会狗咬狗，一嘴毛。”

“是,这些人没有一个好人,所有员工的报酬都不支付。”孙永奎说道。

“为什么在上海，有人会选择从事诈骗这个行业？”张小军问。

“不知道。”孙永奎回答道，“那你怎么评价这几个骗子？”

“道行还可以，诈骗技术炉火纯青，就是太穷了一些，太寒酸落魄了一些。”张小军说，“你想想，如果这几个能支付得起几个月的工资，苏州的核心企业抵押贷款放款到合作的 SPV 公司的，这几个卷了银行放贷的几个亿跑掉，是否苏州企业损失更大？所以，早暴露是好事情，是狐狸总会露出尾巴的。”

“总共骗了我们 18 万元，”孙永奎说，“这些诈骗的，真是人渣！我必须去起诉。”

“行。”张小军回答道。

“他们这个诈骗团伙，还有一个缺点，就是他们都好色，骗钱的同时，伺机骗色。”孙永奎说，“就这一点，真正的诈骗集团，是瞧不起他们的。诈骗也要有一定的专业度。他们在专业度方面，还需要进一步提升。为什么国家法律不收拾这些人渣呢？”

“恶不积不足以灭身，善不积不足以成名。他们目前嚣张，”张小军说，“是因为时机未到。我相信因果定律。出来混，迟早是要还的。让他们继续表演吧，上天在看着他们。”

第十六章　从平凡中走出

2019 年 11 月中旬，准确说是 14 日下午三点半，张小军开着自己的奥迪 A6L 轿车从河南平顶山市回到了老家，吃了母亲张天凤包的蒸饺，喝了红豆稀饭。差不多四点出头，母子两人正坐在餐桌旁休息，同村同一个生产队的妇女王慧珠来了。王慧珠和张天凤同岁，都是年轻时嫁过来的，相处了一辈子了，知根知底。

看到王慧珠进来，张小军站起来说："婶婶。"

王慧珠应了一声，问："啥时回来的？"

"刚回来，"张小军回答说，"明早拉我妈到西安我妹妹家去，西安暖气开了。"

寒暄了两句，王慧珠对张天凤说："我说啥哩，咱跟蒋圆说的对象，可能不行。女方离婚，有两个女子，现在中间说话传下来的意思，是女方看不上蒋圆。"

"啥看不上么，"张天凤问，"蒋圆 39 岁，和女方相比就大两三岁，又没结过婚，又刚刚在县城买了房子，15 万元。"

"女方嫌蒋圆个子低，"王慧珠说，"别的没说啥，就是不愿意。"

“要是不愿意就算了，”张天凤说道，“咱就再给娃另说对象。”

蒋圆的母亲王琴和张天凤关系也好，张天凤就和王慧珠帮蒋圆张罗介绍对象的事。

蒋圆 14 岁的时候，和伯父家的堂哥蒋成出去玩，在农田里偷南瓜，被南瓜地的主人马洛川抓住，就送交父母了。多年以后才知道是蒋成偷南瓜，蒋圆没偷。但在当时，王琴认为自己儿子偷东西，就把儿子用绳子捆起来，和丈夫蒋梁州一起，把蒋圆吊起来打。王琴还用纳鞋底的针插进蒋圆的身上，插得孩子满身血点。加上皮带抽打得蒋圆满身伤痕印子，娃受不了，就挣脱捆绑的绳子，离家出走了。当时他才 14 岁，在外面漂泊了 25 年，因为没有身份证，在青海、新疆到处打黑工，到处被骗。等到 2018 年冬天，39 岁的蒋圆回到老家的时候，前面门牙已经掉了两颗。他的母亲王琴当时正在冷库装梨，一天能挣 70 元钱。她正干活的时候，听到门口摩托车的声音。车上同生产队的刘刚刚，30 多岁的男青年，大声喊：“琴婆，你门口有个汽车，有人找你哩！”

“哦。”王琴回答了一声。刘刚刚看到王琴起身出来，骑摩托车就走了。

从冷库走路到王琴家就一两百米。王琴走到一辆灰白色的桑塔纳车旁边，副驾驶走下来一个小个子的中年男人，喊了王琴一声：

“妈。”

王琴站在那里，愣了几十秒，再看了看娃，便哇的一声哭了出来。

多年的漂泊，使得一个 14 岁的懵懂少年，背负着被父母不问青红皂白的冤枉，在外漂泊 25 年，回来已经是中年男人，过得很艰苦，没有身份证，举步维艰。有些艰苦，只有经历过的人才知道。蒋圆回村后，一直害怕出来见村里人。王琴问为什么，蒋圆说感觉自己这些年混得不好么，见了人，说啥么！王琴叹息地说，哎，这娃！王琴把娃不想出来的想法说给张天凤，张天凤说，给娃个适应过程么！并说你看我家小军，过去木胜没本事，家里穷，娃害怕村里人看不起，从小也不爱和村里人说话，到现在都 40 多了，也不爱说话么。原来经济条件的比较，对青少年的人格和性格形成，都有极大的影响。若不是两个 60 多岁的农村老太太的质朴的对话，人们很难从西方的心理学教科书中，获得有说服力的答案和说法。

回到家后，王琴带蒋圆去补牙，又通过大队书记张顺喜做证明，给蒋圆办了身份证。安顿好后，蒋圆外出在附近打工。他在工地学了搭架子的技术，一个月也能挣五六千元钱。之后王琴给蒋圆在县城花 15 万买了一套房子。没房子不好介绍媳妇成家，现在这社会特别在农村，就这么现实。有了房子后，王琴的朋友们就开始给蒋圆张罗介绍对象，结果碰到这个女方离婚有两个孩子，还嫌弃蒋圆个头矮。若不是生活中真真实实地发生这样的事情，人们真的不敢相信，现在拒绝处对象不合适的理由如此五花八门。

张天凤和王慧珠说完话差不多五点，天还亮着。张小军说去卤阳湖边看看，张天凤和王慧珠也就跟着去了。结果奥迪 A6L 轿车开到通往卤泊滩的航空产业园的路上后，就没法再开了。轿车底盘太低，路面是土路，有很深的坑。开不进去，张小军就下车，拍了些照片。湖边都是冬季枯黄的芦苇和稻黍，看上去黄茫茫的一片。

回到家中，母子两人聊了一会儿。

"现在这土地，承包不出去，"张天凤对张小军说，"就是不要钱，也没有人愿意种。"

"咱有几亩？"张小军问。

"12 亩。三年前包给根虎了，合同写的五年，一亩一年 300 元，今年根虎只留了三亩种葡萄，其他的不要了。这两年包地给人家，不要钱都没有人要。看这农村弄的。"张天凤说道。

"那就顺其自然吧，"张小军说，"你都快 70 岁了，不种了。"

"对，我得跟队长打招呼说下，看谁想种就叫谁种去，不要钱。"张天凤说。

"现在社会是好。"张小军说。

"对着哩，"张天凤说，"世事发展快得很！我常常想，没有开国领袖，我爸来不了农村；没有总设计师，我娃上不了大学。社会不说阶级成分了，发展变化大得很。"想想也是，张天凤的哥哥张天龙，就是因为出身成分问题，政审被卡住，在农村一辈子也就那样过了，现在已经 71 岁了，命运已经成定局。

聊到晚上七点半左右，家里来了张天凤的牌友，她们开始打麻将。张小军打了招呼，洗了澡，就自己到房间休息了。休息了两三个小时，晚上九点半的时候，牌友们回家，张天凤睡觉了。张小军就披上以前张木胜在世时穿的棉衣，站在空旷的院子里。月亮挂在天空的东南方，星星很清晰地闪着，村庄静悄悄，在城市中从来享受不到如此安静的静谧。

这是张小军从小出生和成长的地方。已经42岁的张小军站在故乡的庭院中，一个人静静地站在那里，站了大概十来分钟，然后又回到房间去了。

在这个七间房宽的宅基地里，40多年来，发生的事情历历在目。从张小军出生，举家欢喜，杀猪庆祝，到张小军两三岁生病，张根海卖马救孙子，再随着时间的流逝，张小叶出生，然后张根海的妻子去世，然后张天凤的母亲去世，然后张天凤的父亲去世，然后张根海去世，然后张木胜去世……这就是四季轮回，生命无常。但这个过程中，发生了多少感人的故事。这个距离卤阳湖6公里的孝通街，又发生了怎样的进步和改变呢。

今天你走进孝通街道，30岁以下的年轻人都不知道张小军。张小军离开家乡已经许多年了。人们日复一日地过着日子，平静而平常。随着互联网的普及，农村青年人基本人人都能用智能手机上网。中国手机上网的网民数字早已经突破了9亿，信息非常透明。

同样地，魏新峰书记推进的卤阳湖开发区建设也在持续推进，卤阳湖周边农村引进的梨树有的老化了，农民有的开始挖树，种葡萄，重要原因是种植梨树的成本提高，化肥、套袋、农药、管理、灌溉等等，而销售价格却上不去。张小军回到农村，看到村里许多年轻人用微信朋友圈发卖梨子的信息：蒲城酥梨，物美价廉，10斤全国包邮价35元，等等。农产品供销的价格、产量等等，让押宝贩卖梨的中间商人也挣两年亏三年，缺乏规范和统一的产业链管理。农民对销售市场的行情变化，其实是盲目的，是缺乏对称信息的。

正如魏新峰书记在内部经济会议上说的，农民销售农产品，自身的诚信也要建设，不能坑客商，坑一次，就断了长远的生意。但农民的眼光，显然看不到这么远。往往就是 1% 的农民要小聪明，以次充好，结果断了整个地区 100% 农民的销售出路。出口方面也是如此。

任明明开冷库确实挣到了钱，入股的亲戚们也都挣到了钱。任明明的儿子任新京大学毕业留在了西安，任明明就拿出全部积蓄给儿子在西安买了一套 120 平方米的房子，连同装修，总共花了 110 万元。买完房，装修结束，任明明手里就只有 40 万元的存款了。唐水菊说："是不是得给娃再买辆车？"

"你就是个瓜怂！"任明明说，"今后买车啥的，让娃自己去弄，我们能给他在西安全款买套房，装修好，就已经尽力了。这是开冷库 16 年的所有收入，包括存在信合所得的利息和存在基金会所得的利息了。结婚办酒还得花钱。现在冷库效益随着农民收益降低而降低，得留着点养老。你今天给儿子是顺的，你给完了，等你老了病了，问娃要钱，就不一定了。就是娃同意，娃的媳妇也不一定同意。"

唐水菊听了任明明的话，说："还是党员同志看得远！"

"就不爱跟你说话！"任明明对唐水菊说，"分不清好坏么。"

"咱就一个娃，一个儿子，我们死了还不都是娃的！"唐水菊不服气地回答道。

"那就等死了再给娃，"任明明说道，"不要活着的时候有冲突。"

"娃都工作两年了，也没说引个媳妇回来，这娃老实得很！"唐水菊说。

"还不都是你，"任明明说，"天天给娃说，好好念书，不准谈对象。这倒好，工作两年了，媳妇毛毛都看不到。"

"你怂少胡说，"唐水菊不服，"就是你的种不好，少给我赖！斜对门艾辉他妈也是和我一样教育的，人家艾辉大学毕业到瑞泉中学当老师，半年就谈了一个公办女老师，一年就结婚了。这咋说？"

任明明不再说话了。也只能这样了，不然没完没了。

在离开故乡的次日早晨，张小军和母亲张天凤到了公坟，给父亲张木胜烧了些纸钱。张木胜去世的时候，村里人和亲戚们都说，小军在上海干事哩，埋他大规格要说得过去。于是，一向主张简约的张小军听从了乡亲们的建议。先是花6000元钱购买了一个柏木棺材，这是这个村规格最高的，再是请挖掘机机械化地打了双筒墓，这也是生产队里的第一个。办丧事抽的烟、喝的酒等等，都说得过去。

办丧事需要请乐队。农村乐队一般是四口到八口，按人收费，四口就是800元，八口就是1600元。队长说，叫12口乐队。程洋娃说："就、就木胜哥生前有个愿、愿望，说再叫、叫歌舞。"于是就叫了12个乐队的人，还有四个歌舞的人。

在坟地请挖掘机机械化操作前，张小军要到地里亲自勘验。负责地里事务的蒋龙州说："小军，给我叔划的是三米宽，三米二长，总算九点六平方米。"

祭奠张木胜的时候，张木胜年轻时候的朋友、北蒋村的席黑娃，将近70岁的人，掏出十元钱给乐队，俯身便拜。张小军扶起他说："叔，对哩，对哩。"席黑娃说："木胜哥这一生，算好的太哩，癌症开刀后养了14年，死了睡这柏木棺材，不错哩。"

农村的扶贫工作特别是精准扶贫工作力度持续加强。无论是县法院的法官，还是乡镇医院的医生，都要和具体贫困户结对子，切切实实地帮助贫困户脱贫。张小军在微信朋友圈中经常看到这样的信息。这无疑是好的，帮助弱势群体，是共同富裕的重要组成部分，这几年在落实方面更为具体。

张小军的高中同学陈晓峰是蒲城县法院的法官，他经常在朋友圈发帮助扶贫对象的信息。陈晓峰也经常和张小军互相快递茶叶、特产。张小军给陈晓峰快递一些武夷山的金骏眉茶叶，陈晓峰就会快递一些蒲城的特产棒棒馍。问及扶贫，陈晓峰说："现在经济发展了，国家扶贫政策是对的，现在结对扶贫，我也设法帮助对方。"

这里不得不另外提一个人，就是党木高中时候叫人打贺许正的翟小刚，后来发展成了当地一霸，欺男霸女，强买强卖，在国家的扫黑除恶专项斗争中，被公安机关逮捕，移交法院判决了。据说最严重的罪行是发放高利贷，暴力催收，形成严重的社会危害后果。

刘玲在吐哈过着稳定的日子，毕竟是研究生毕业，搞化工研究的，不存在基层职工 40 岁的职业危机。林兵也被提拔为研究单位的中层副科级干部。这个幸福的家庭，在祖国的西部边陲石油重镇，过着属于自己的甜蜜生活。

当年考上延安大学的田春霞，已经成为榆林某教育局的办公室主任，丈夫是当地商务局的主要领导，有一个女儿已经上初中了，一家人其乐融融。

张小军的初中同桌贺文军，党木高中毕业后，准备到阎良接班，因为他的父亲有公职。但后来在家庭决策会议中，接班的事情让贺文军的大哥去了，贺文军没去成。既然没去成，在农村得学个手艺，于是贺文军学了电焊，电焊铁门和农具进行销售。但干了几年，效益不行，于是外出打工，去烟台干过煤矿，存了十来万元，后来回村开始收梨，干了三年，挣了一年，平了一年，亏了一年。贺文军在和张小军谝闲传的时候总结说："这怂在农村收梨，用人上有个教训，就是不能用亲戚！亲戚胡整哩。"

今天当你在孝通街行走，可能会碰到一个骑着摩托车的中年男人，黑皮肤，身高不高，仍想着在农村的广阔天地里，除了修理地球之外，还能再干些有价值的事，那么这个人很可能就是贺文军。他一生的主要时间就折腾在这几十平方公里的孝通街和周边了。虽然诸多波折，但总体看，他和魏文军、蒋军军他们一样，是走正道的人。环境资源缺乏，不能怪他。

2019 年，年近七旬的刘天臣坐在刘家村自己的家中喝茶，和村里人谝闲传。刘家村书记刘双喜的父亲刘三娃比刘天臣小两岁，到刘天臣家谝闲传，问刘天臣："天臣，咱刘玲大学研究生毕业那年，街里外娃他大查出了癌症，两个娃没成。街里外张木胜，患癌症开刀后，他儿子拿钱维持了将近 15 年，这刚死了不到两年。听说木胜儿子在上海美着哩，养活个癌症病人不着实！""不着实"是关中方言中"没事、不受影响"的意思。

“往后的路是黑的，”刘天臣说道，“娃各有各的命。成不成的，都在外头干事哩么。”

“哎，世上这世事……”刘三娃抽了一口烟，感叹了一声。

太阳照样每天升起，光芒撒向芸芸众生。回到上海家中，张小军仔细翻阅了在卤阳湖边拍摄的照片，白雾般的芒硝地、质朴的黄土、枯黄的芦苇蒿草，以及持续建设的卤阳湖开发区。

“希望卤阳湖真能和渭河水连通起来，”张小军自言自语道，“自古有水就有财，有了活水、气候、经济、航运、贸易、人口都能发展起来。加上互联网时代的全球资源配置效率的提高，恐怕各地经济发展有的已经超越了以资本和技术为主的阶段，已经跨越到了产业链控制、价值链控制、供应链控制的新时期，全球顶级跨国公司组织多国同步生产便是趋势。希望通过宣传、政策制定、建设规划、施工推进等各个方面的努力，卤阳湖能迎来更美好的明天，生活在卤阳湖周围乃至所有地方的群众能生活得更幸福。”

想到这些，张小军站在阳台上，阳光明媚，身旁的虹梅高架路上车辆川流不息……

后　记

《易经·系辞》中说:“仰以观于天文，俯以察于地理，是故知幽明之故。原始反终，故知死生之说。”从地理角度说，卤阳湖位于渭北高原的东部，也可以说是位于关中平原的东部，地理位置在蒲城县境内。蒲城县现在有79万人口,12个民族。蒲城县是古代丝绸之路的必经之地，有独特的区位优势。现在国家顶层设计战略“一带一路”的发展，这个区位也发挥着重要的作用。一个产业开发区要发展，核心问题是什么?用马克思主义的方法论思维去思考，就是要搞清楚主要矛盾，抓主要矛盾的主要方面，才能纲举目张。

从2019年以来中美贸易摩擦的发生、我国商务部和各地商务局对这种局面的讨论分析，以及我国出口和国际贸易策略的改变来看，全球经济发展迎来了一个崭新的时代。如果说从十一届三中全会以来到2018年这40年，我国经济改革和对外经贸发展有什么规律的话，我们可以概括总结为五大特征，也可以总结为“五个为主”：出口导向为主、招商引资为主、沿海开放为主、工商产业为主、适应国际规则为主。在这个过程中，卤阳湖所在的蒲城县是农业大县，主要是农业人口，工业落后，地理位置又是内陆西北，在五个为主的过程中，某种意义上并没有占领先机。

但过去的几年，国际政治经济格局发生了深刻变化。第一，是以美国为代表的部分发达国家逆全球化，国际贸易摩擦加剧。第二，国内劳动力供求发生变化，过去几年平均每年退休 1500 万劳动力，新增劳动力 1200 万，劳动力供应量降低的同时劳动力成本也迅速提高，土地供应成本提高，人口红利的时代已经结束。第三，随着我国外汇储备的增强和国家力量的发展，我国的国际经济交往政策从以出口导向为主转变为出口和进口并重，这种转变的重要信号，就是 2018 年 11 月的首届进博会和 2019 年 11 月的第二届进博会，两届进博会习总书记都亲自参与，这是向全球释放重大的信号。在过去的五年，我国出口年平均增长率为 5%~6%，而我国对应的进口年平均增长率为 10%~12%。第四，招商引资方面从以引进外资为主转变为引进外资和对海外投资同时进行，在过去的五年我国引进外资 6500 亿美元，而对外总投资高达 7200 亿美元。第五，对外开放从以沿海为主转变为沿海、中部、西部并行。

改革开放 40 年的实践和全球竞争的发展，使得我们深刻认识到：对外开放经济是一种制度安排，和地理位置没有必然联系。这一认识论的突破，为包括卤阳湖在内的广大中西部发展提供了强有力的思维武器和潜在的政策资源，同时也对法治、以法律制度保护营商环境和企业合法权益提出了结构性改革的要求。在欧美，西班牙地理位置靠海，德国在内陆，但并不等于说，德国的开放程度和经济发展程度就不如西班牙。

一句话，我国进入了国际竞争格局的新时代，参与国际活动的思维从单向变为双向，同时从过去单纯适应国际规则变为对国际规则参与讨论。过去多年的国际经济交往使得我们明白了一个基本道理：出口大国不一定是强国，但进口大国一定是强国。比如美国就是进口大国。进口大国说明一国的消费能力强，同时进口国具有国际贸易定价权，还具有支付主动权，即进口大国的货币可以走向世界，甚至逐步成为国际贸易的定价货币。如果双向发展使人民币走向国际，那么人民币将逐渐成为国际货币，进而形成“国强、货币强”的格局。目前，100 元面额人民币的印刷成本是 2 分钱，一旦成为国际定价货币，则我国的铸币税就是 99.98%。从国际财政的角度来说，这对国家强盛是非常有利的。

也正是在这样大的“沿海、中部、西部协同发展、共同进步”的环境下，卤阳湖和周边地区迎来了宏观的国际发展机遇和政策资源，这些外因很重要，是事物发展的必要条件。但地区经济要真正发展，决定性的因素是内因。内因主要包括两大方面：一是现实社会生产力的物质条件；二是人口、人才和法治环境。这两个方面的纽带，就是价值观和人文。因此，观察一个地区能不能快速发展经济，就看能不能有好的政策吸引优秀人才，比如上海，所有人才都想去上海，因为那里充满了机会，人才和经济发展形成了良性互动机制。

人才聚集了，人口数量就上去了。劳动力人口数量的聚集，必然带来大量的消费。这些消费包括饮食、住房、交通、服装、教育、旅游、医疗、休闲等在内，进而形成了地区的生态链，催生了供应链和更良性的状态。这是中部和西部经济发展的共性特征。

因此，长篇小说《卤阳湖》的写作和出版，相当于从人文的角度，给想了解当地、想投资、想旅游、想就业发展的人们，打开了一个了解和观察的窗口。小说有其独特的优势，读者从其中，可以看到更全面的人文和物质生产力发展水平的写照。同时，通过小说的传播，让更多的人知道这个地方，了解这个地方，进而为当地发展提供良好的宣传推动。同时，小说也描述了 40 多年改革开放的发展和群众生活的改善，以及党和国家在促进社会经济发展过程中的成果和经验。欢迎更多的人能通过本书了解卤阳湖和周边地区，并通过了解，进一步进行投资、消费，以促进当地的就业和发展。

张京宏

2019 年 12 月 10 日

上海